JN078517

ジャック・デュパン、断片の詩学

丸川誠司

ジャック・デュパン、断片の詩学

水声社

はしがき

本書はフランスの詩人、ジャック・デュパンの主要な作品に解説を添え、その詩想の理解を試みたものである。

第一部では一九五〇―六〇年代の初期詩集から選んだいくつかの詩を、訳しながら解説する。第二部は一九八二年の重要詩集、『天窓の様子』の解題・分析であり、本書の中核をなす。補遺として、第一部の初期詩篇と第二部の『天窓の様子』の訳、一九八〇年代後半の詩「斜角面」の訳、及び一九八九年に書かれた詩論「木片」、二〇〇二年のブランショ論の訳を加えた。この補遺の部分は、独立した訳詩集として読むことができる。

翻訳には、訳者が詩人本人に示唆を受けた箇所が含まれている。また解説も、詩人の生前に行われた意見のやりとりを一定程度反映させたものとなっている。

註は全て筆者によるものである。訳文の［　］は筆者が補った箇所である。

第一部で引用される詩の原文では、主に脚韻や反復を強調するため本稿筆者が語の一部を斜体文字ないし点線で強調している箇所がある。下線部は頭韻や反復などを強調するためとなる。［＊］は対応する訳語が原文で位置する場所を示している。

目次

補遺（訳）

断片の詩学Ⅰ——初期詩篇をめぐって

ジャック・デュパンは一九二七年南仏アルデッシュに生まれ二〇一二年パリで没した、シュルレアリスム以降の最重要詩人の一人である。第二次世界大戦後に詩を出版し始めた同世代の詩人には、イヴ・ボンヌフォワ、アンドレ・デュ－ブーシェ、フィリップ・ジャコテが挙げられる。デュパンを含めこれらの詩人はシュルレアリスム後の世代といった形で括られることはもちろん好むまい。既にシュルレアリスムがそうであったように、仮に何かのグループを結成すれば、必ず一定の信条の拘束があり、それは彼らのスタイルに相応しくなかったからである。そもそも、これほど個性的な詩人たちを世代でまとめようとするのは毒消しめいた文学史の試みにすぎない。そうでありながらも、彼らの間には、大きな違いと同時に大きな共通点、そして友情があった。そのこともあって、彼らは一九六〇年代には『エフェメール』と題された今や伝説的な雑誌で協力し合い、これにはパウル・ツェランなどの詩人ばかりかジャコメティなどの芸術家の作品が彩りを添え、さらにはブランショやレヴィナスなどの思想家も寄稿したことは周知の事実である。

『エフェメール』の編集委員ではなかったが、よく寄稿していたフィリップ・ジャコテ（二〇二一年没）について、ジャック・デュパンは二〇〇一年にこう書いている――

我々は一緒に育った。同じ空、同じ年、同じ国（くに）（ローヌ川一本が我々を隔てる）……惑乱の時代に書く必要と困難を前にした同じ狼狽――それでも言葉が足らない――戦争、虐殺、飢餓、破壊、ジェノサイド……私の国の死火山はかくも甚大に世界の至るところで活動する惨事に引き継がれた。私たちは一緒に、そして離れて書いた、影にもかかわらず、しかも、我々にそのしるしを残し、道を開いた同じ守られた国（くに）の中で……我々は一緒に歩いた、彼はより頑固に、より一定し、そして近づく光により忠実に。［全て］にかかわらず光に。(1)

デュパンの生地プリヴァは火山地帯の中にあり、スイス、ローザンヌ出身で南仏のグリニャンに住み続けたジャコテと同じ「くに」だった。「川一本が我々を隔てる」という言葉は、ジャコテがかつてアンドレ・デュ＝ブーシェについて「山一つが我々を隔てる」と書いたことに呼応している（デュ＝ブーシェもジャコテの住居の近くに家を持っていた。この南仏は、彼らの共通の友人であったフランシス・ポンジュや、特にデュパンと深い関係にあったルネ・シャール、あるいはジャン・トルテルなどいかに素晴らしい詩人達を輩出したことだろうか)。ここで彼らが書いているように、互いを隔てるものを超えて、結びつけるものがある。それは何よりまず、デュパンが言う通り、第二次世界大戦とジェノサイドの後、もはや不可能なはずの抒情詩に取り組んできた、と言う事実である。

これはデュパンにとっての二つ目の詩集となる『登る *Gravir*』(一九六三年)の添え書きでも確認される。「詩人であることの嘲り、恥、我々の社会ほどそれを、最も適した砂漠へと抑圧した社会もない。[2]」

詩を書くことの困難性は、デュパンにおいては、文学作品に取り組むこと自体を「不可能な試練」、場合によっては一種の「災厄 désastre」の通過に見立てたモーリス・ブランショの思想への共鳴という形をとるだろう。この「災厄」はマラルメの表現の「暗い[理解しがたい]災厄 désastre obscur」をも思わせるが、戦後世代の詩人には、これが最も具体的な言葉として意味を持ったことになる。デュパンは、ちょうどブランショにとっても重要であるマラルメにもノヴァーリスなどのドイツ・ロマン派の詩人にも早くから親しんでいた。デュパンの最も初期の詩、「つましい道」——それは詩が選んだ道である——の「名もない不幸」という言葉も「暗い災厄」と同じように響くが、これはさらにデュパンが深く傾倒するランボーの、「おお世界よ、そして新たな不幸の明るい歌よ!」(『イリュミナシオン』最後)と言う痛切な声を思い起こさせる。新たな不幸の中にも近づく光がある、明るい歌がある、と言うかのように、ちょうどボンヌフォワは一九五九年の「詩の行為と場所」の冒頭で、「私は詩と希望を同じものとみなしたいと思う」と書いたのだった。

最初に紹介するデュパンの初期の詩には、このように、あらゆる不利な条件にかかわらず、詩の言葉の力に一抹の光明を見出そうとする挑戦の意志が明らかである。

*

第一部、以下は、ジャック・デュパンの初期作品の訳に解説を付したものである。
最初に対訳のプレゼンテーションについて断っておく必要がある。原文の上に訳出された日本語の文は、補遺の頁の訳とは異なる場合があることに注意されたい。これは、この章の訳が原文に（語順を含め）できるだけ忠実であろうとする逐語訳に近いためであり、当然読みにくくなっている。重要な言葉の多義性等については解説で説明を加えた。短い詩の一つずつに付されたこの解説は、それぞれの詩の言わんとすることを限定するものではなく、この詩人の言葉が読者に課す一定の拘束、ないし思想的背景などの説明を試みるものに過ぎない。それはあくまで限られており、最終的な答えはない。従って最終的な受け止め方は読者の自由である。

言葉の多義性に加え、音韻やリズム等ももちろん翻訳で生かすわけにはいかない。「詩は翻訳不可能であり、創造的な移し替えだけが可能である」というヤコブソンの言葉に倣うわけではないが、日本語で可能な限り――そして比喩的な言い方だが、原文の「声」を殺さない限り――代替となりうる別の仕組みを考えようとした。思えばA・ベルマンがその翻訳論で強調したように、詩は奇妙にも翻訳できないほどにその価値が高まると言ってよいのである。その最たるものはマラルメの難解詩であり、W・ベンヤミンもその「翻訳者の使命」の冒頭で、マラルメの一節だけは翻訳せずに引用していたことを思い出さなければならない。だがこのマラルメを含め、多くの詩人自身が実は翻訳者でもあったことも同時に考えておく必要があるだろう。彼らにとって、異なる言語構造ならびに音と意味のなす重層性に取り組む経験は、何らかの形で自分の詩作にも跳ね返ってきたはずだからである。こうして詩人の作業はいわば右手で自ら言葉の謎を作り出し、左手で別の謎を解読しようとする——その解読は翻訳活動の一環である——ことでもあっただろう。その場合、詩の翻訳不可能性はもはや完全ではあり得ない。詩はいわばその翻訳（不）可能性から「ぼくを追え、ぼくに続け」と我々に呼びかけているのである。

登る

Gravir（1963）

1 「エジプト女 L'égyptienne」解説

君が沈むところ、深みはもうない。
葦一本の中君の息を運ぶだけでよかった
ぼくの踵の下の砂漠で種が一つはじけるには。

全ては一挙に訪れ、それから何も残らない。
ぼくの扉の上の印だけだ
死化粧師の焼けた手の。

Où tu sombres, la profondeur n'est plus.
Il a suffi que j'emporte ton souffle dans un roseau
Pour qu'une graine au désert éclatât sous *mon* tal*on*.

Tout est venu d'un coup dont il ne reste *rien*.
Rien que la marque sur ma porte
Des mains brûlées de l'embaumeur.

「玄武岩組曲 Suite basaltique」と題された一九五〇年代の九つの詩のグループの一つ（小詩集として一九五八年ミロの口絵と共にGLMから出版される）。おそらくはデュパンの詩の中で最も有名な短い六行詩だが、一見したところ無関係の要素が緊密に合わさって謎めいた美しさを醸し出している。J-P・リシャールも『現代詩十一の研究』のデュパン論で銘句とした最初の一文だが[1]、ここに、例えば隠された意味、さもなくば超感覚の世界の存在を否定するニーチェ的な文脈を見て取る人も多いだろう（「人間の中で最も深いものは［……］皮膚である[2]」というヴァレリーの言葉も思い出される）。

仮に冒頭から詩にアレゴリカルな深みが否定され、読者が裏をかかれるとしても――それは例えばマラルメの「xのソネット」（通称）以降の傾向だが――、解釈の試みはそこで止まることはできない。「つましい道」も言うように、詩は「ぼくを追え、ぼくに続け」と呼びかけているからである。深みと表面のあり得ない共存などを示す激しい矛盾語法は、デュパンがシャール、ないしランボーから受け継いだものである。かつてデュパンは「ランボーの力は最悪に向けられた否定性の力[3]」であり、それ故彼が我々の時代にふさわしく、しかもシャールのみがそのことを理解し、結果を引き出した、と述べていた。

この第一詩節で例えば「君」が読者で「ぼく」が詩人である必要はないが、少なくとも詩人にとっての他人ないし他者であるという解釈は可能だろう。というのも二行目と三行目はおそらくは詩人の構想する抒情詩そのもののことを語っているからである。パスカルを言う前に、息が通過し儚い音を出す葦、あるいは不在の者に呼びかける角笛のモチーフは抒情詩の代名詞でもある。「音楽は長らく詩に近かった。葦のフルートで十分だった。息がそれに近づき通り過ぎると郷愁（ノスタルジー）がそこから出た」[4]と晩年のミショーは言うだろう。ちょうど二行目と三行目は音節数が一番多くなっておりその後徐々に減っていくことから、息の伸張めいたものを感じさせる（音韻面では、一行目の二重子音の集中、二行目の鼻母音の集中が注目に値する）。次に砂漠ではじける種は正に種苗としての詩の言葉のイメージである。「最も純粋な収穫は存在しない土壌に蒔かれる」[5]とシャールは言う。無の砂漠から、いわば一つのミクロコスモスである詩が誕生する瞬間、それは詩人にとっての他者である霊感の息が通り過ぎ、言葉の結実の是非が決まる瞬間でもある。全てと無が交差する一瞬、詩の試みは一種の博打でもある。「崇高 le sublime」の美学の伝統に言及するまでもなく、（成功の）高みと（失敗の）深みはそこでまた紙一重である。

第二詩節において、とりわけ翻訳で生かせないのは、原文を音読したとき思わずはっとする一行目と二行目にまたがる"rien"と"rien"の連続である。「無 rien」の連打で、いわば前述の「否定性」が強調されているかのようだ。

この詩の題名が「エジプト女」である理由は、特に最後の"embaumeur"に見出せる。訳語の「死化粧師」は特にエレガントではないが、原語は三音節で、その動詞の"embaumer"の元々の意味は香りで満たす（つまり先ほどの息と同じく目に見えず儚いモチーフ）、永遠のものとする（転じて死体に防腐処理を施す）である。

永遠の、超感覚の世界、例えば何らかの神の保証する神秘の次元は現代の詩にはもはやない。ちょうどブランショが引用したリルケの「オルフォイスのソネット」にはこうある。「事実歌うとは別の息吹。無の周りの息。神の中の飛翔（Ein Wehn im Gott)。風。」この「無の周りの息 Ein Hauch um nichts」を、ブランショは「私達の生が犠牲にされる純粋な浪費［……］、詩の真実」[6]と呼ぶだろう（この言葉には後述するバタイユの反響がうかがえる)。

デュパンのこの詩においても、この無とは神々の不在、即ち永遠の構想の不可能性である。ここにはピラミッドで天を目指す王の死体防腐処理人もおらず、もうその手の焼けた痕跡しか残されていないのだから。

2 「つましい道 Le chemin frugal」解説

それは静けさ、つましい道、
もはや名のない不幸。
それはえぐられたぼくの渇き——
魔術、無邪気。

ぼくを追え、ぼくに続け、
でも無数で、そっくりの、
そのままのぼくを。
［ぼくは］もう星々、

C’est le calme, le chemin frugal,
Le malheur qui n’a plus de nom.
C’est ma soif échancr*ée* :
La sorcellerie, l’ingénuit*é*.

Chassez-moi, suivez-moi,
Mais innombrable et ressembl*ant*,
Tel que je serai.
Déjà les étoiles,

もう石ころ、急流……

見える一歩毎が
失われた世界、
燃やされた木。
盲目の一歩毎が
町を建て直す、
ぼくらの涙越しに、
裂けた空気の中で。

もし神の不在を、その煙を、
この水晶のかけらが全て含むなら、
君、君は逃げねばならない、
だが数と類似の中へ、
［＊大雑把な深みの上に］張られた白い
　エクリチュールよ
［＊］。

Déjà les cailloux, le torr*ent*…

Chaque pas visi*ble*
Est un monde perdu,
Un arbre brûl*é*.
Chaque pas aveu*gle*
Reconstruit la ville,
À travers nos larmes,
Dans l'air déchir*é*.

Si l'absence des dieux, leur fum*ée*
Ce fragment de quartz la contient toute,
Toi, tu dois t'évad*er*,
Mais dans le nombre et la ressemblance,
Blanche écriture tend*ue*
Au-dessus d'un abîme approximatif.

もし言葉の弾が［＊＊］
望む時、［＊＊君に当たれば］
君、君は形を取る、
雷雨の増加［となって］、
ぼくの消えた場所に。

そして言葉にし得ない器楽的なものが
儚い火のように上る
消滅した二重の体から
軽い夜
あるいはこの別の愛を通じて。

それは静けさ、つましい道、
もはや名のない不幸。
それはえぐられたぼくの渇き——
魔術、無邪気。

Si la balle d’un mot te touche
Au moment voul*u*,
Toi, tu prends corps,
Surcroît des orages,
À la place où j’ai dispar*u*.

Et l’indicible instrumental
Monte comme un feu fragile
D’un double corps anéanti
Par la nuit légère
Ou cet autre amour.

C’est le calme, le chemin frugal,
Le malheur qui n’a plus de nom.
C’est ma soif échancrée :
La sorcellerie, l’ingénuité.

一九五八年六月に書かれたこの詩は元来「玄武岩組曲」の最後に置かれていたが、デュパンにとって最初の主要詩集となる『登る *Gravir*』（一九六三年ガリマール社刊）の冒頭を飾ることになった。この「つましい道」とは、ちょうど戦後世代の詩人がとることになった詩作の道自体、すなわち、乏しい手段でひっそりと自分の世界を構築しなければならない詩人の運命を予告しているように思われる。ランボーの『地獄の季節』のように不幸の星の下に築かれるその世界は、もはやシュルレアリストのめくるめくイメージの世界とはほど遠く、荒れた風景の中に見つかるのは詩人が自らをたとえる絶え間ない水の流れと砂利、見上げた空の星——それこそ不幸の星かもしれない——がせいぜいである（ここは省略によって文意が簡単につかみにくいのだが）。荒廃した世界の中、詩の言葉の源泉は再び、魔術のように言葉と物が結びついていた幼年時代とその無邪気さである。「抉（えぐ）られて échancré（エシャンクレ）」という日本語ではエレガントに響かない形容詞はデュパンのお気に入りであり、後日詩集の題にもなるが（一九九一年）、おそらくは元来、デュパンが幼少期を過ごした火山地帯の峡谷のイメージをとどめている。そして（魔術“sorcellerie”と微妙な頭韻を踏む）「渇き soif」とは、ここでは、自らに霊感を与える液体、いわばスピリッツ（語源はラテン語の“Spiritus”でもある）を待ち望む、詩人の癒されない渇きを思わせる（次の詩を参照のこと）。

第二詩節は、あたかも抒情詩の伝統に従って、（ここではおそらく未知の読者への）呼びかけで始まる。星や小石のように「無数で、（何かに）似ているぼく」とは詩人というより詩そのものだろう（とりわけ「ぼく moi」と「星 étoile」が二重母音で重なっている）。詩の才は昔から数（韻律とリズムによる一種の計測“métron”）とイメージ（“imago”の語源に類似の意がある）にあるとされてきたからである。このモチーフは第四詩節で再登場する。

神々のいない乏しい時代（ヘルダーリンの“dürftiger Zeit”）、その存在は香炉の煙のように儚く消え去り（この詩節では一つの［e＝エ］の脚韻を除き全てが音のふっと消える無音の“e”で終わっている）、残された物質世界では、いわば自然の鉱石のかけらが最後の神秘を隠しているかのようだ（例えばカイヨワの「石のエクリチュール(1)」が思い出される）。

数とイメージにその存在がかかっている今度の「君」は、以降詩人が生み出す詩そのものであり、ここでその言葉が測り、なぞろうとする「深みの上に張られた白いエクリチュール」とは、自分で自分をかき消す空白の言葉、いわば明晰さを幻想として拒む言葉であるだろう。デュパンが早くから影響を受けたブランショの影響を伺わせる表現である。哲学的な伝統が重んじてきた、光によって見渡せる世界という比喩を、とりわけデュパンのような戦後世代の詩人は退けるしかなかった（ツェランを引き合いに出すまでもなく）。第三詩節でそのことは明らかである。全てが破壊され、「失われた世界」を「建て直す」のはむしろ盲目に踏み出す一歩である。デュパンの詩的世界で既に視覚の過信は拒まれ、詩の言葉は闇または淵を綱渡りのように進む、『深淵を通じての知』（ミショー）である。盲滅法放たれた言葉が闇で何かにぶつかり、それが所在を明らかにするというモチーフはデュパンの詩には数多い。ブランショも『無限の対話』で引用する「そして風景は軽はずみに放たれ影に満ちて帰ってくるだろう言葉の周囲に整う[2]」という初期の詩の一文はデュパンの「詩法」を表している。ほぼ十年後の散文詩群、「氷堆石」では、まるで絶えず歩き、話す「ぼくが見えないものを、見てはならないものを見せる運命にあるかのようだ。そして言語が展開しながらぶつかり、発見するものを見せる運命にあるかのようだ。盲目とは、言葉をひっくり返し、視線の前に歩みを、言葉を出さねばならないことを意味する[3]」と表現されるだろう。ちょうどこれはレヴィナスに言及しながら、光の下で対象を同一視する発想が取り逃がす他者の問題を強調するブランショを思わせる。「話すとは見ることではない。話すとは、西欧の伝統で我々の事物に対するアプローチを数千年来従えてきている視覚の要請から思考を解放すること［……］である。[4]」

「ぼく」の言葉の弾丸が、もしその他者――ここでの「君」――の姿を浮かび上がらせることができれば、同時にその言葉も消尽する。「エジプト女」でも暗示されていたように、詩の言葉は一か八かの賭けである。この「ぼく」と「君」の代名詞が、伝統的な抒情詩の中での（原則）詩人と愛する人とはもはやかけ離れ、仮面を次々付け替えているようであることに注目しよう。おそらくはそれこそがこの別の愛、もう一つの愛――ランボーの「新しい愛 Le nouvel amour」を思わせる表現――である。

この詩の最後で「君」はいわば「ぼく」の分身、「ぼく」内部の内密な他者でもあり、「ぼく」と同一の体をなしている。詩の言葉が結晶する瞬間、「ぼく」も「君」も同時に消滅し、そこから上ってくる「言い表せない器楽的なもの」とは、言葉に限りなく近く未だに遠い（抒情詩の代名詞でもある）音楽的な旋律をも指し示しているだろう。デュパンの詩には珍しく最初の詩節のリフレインがあることもその裏付けとなる。あるいは詩が繰り返す通り、その魔術的な呪文のような効果も消し難い。そして、その「魔術、無邪気さ」はミロの奔放な筆の動きすら連想させるのである。

3 「渇き La soif」解説

ぼくは地滑りを呼ぶ、
（その明るさの中で君は裸）
そして本の分解を
石の数々が剥がれる中で

ぼくは眠る、君の刑罰に欠ける血が
［＊我が敵の山の］香り、金雀枝（エニシダ）、
　急流と闘えるように
［＊］。

J'appelle l'éboulement
(Dans sa clarté tu es nue)
Et la dislocation du livre
Parmi l'arrachement des pierres.

Je dors pour que le sang qui manque à ton supplice,
Lutte avec les arômes, les genêts, le torrent

De ma montagne ennemie.

ぼくは絶え間なく歩く。

ぼくは歩く、純粋な何かを変えるため、
拳に止まったこの盲目の鳥を、
あるいは［＊石の飛ぶ距離で］垣間見られた
　この明る過ぎる顔を
［＊］。

ぼくは書く、自分の黄金を埋めるため、
君の目を閉じるため。

Je marche interminablement.

Je marche pour altérer quelque chose de pur,
Cet oiseau aveugle à mon poing,
Ou ce trop clair visage entrevu
À distance d'un jet de pierres.

J'écris pour enfouir mon or,
Pour fermer tes yeux.

「つましい道」と同時期に書かれ、ジャコメティのエッチングを伴った小詩集、『鶲(ハイタカ) *L'épervier*』(一九六〇年)に収録される。この詩の中で「渇き」という題に結びつくものは、第二詩節が想起させるいわば「血の飢え」を除いて一見何もないように思われるが、それが陰画の形で明示されているのは、第四詩節の"altérer"という動詞である。この動詞の第一義は、「(悪い方に)変える」、「損ねる」だが、同時に「喉を乾かせる」という意味がある。前述の癒されない渇きを満たすべく詩人の「ぼく」はただひたすら歩く。ここで呼応するのは、デュパンの親友であったアンドレ・デュ-ブーシェの「何も私の歩みを充足(désaltérer)させない」[1]というその「虚ろな熱さの中で」(一九六一年)の最後の句である。もちろん"Désaltérer"は「渇きを癒す」を意味する。まだ若い詩人達の渇望を満たすものは何もなく、デュパンが休みなく峡谷を「登る」なら、デュ-ブーシェはただ荒野を「歩く」だけだった[2]。登ろうが、歩こうが、詩人達の仕事は永遠に石を転がす運命にあるシーシュポスのように際限なく続く[3]。

この詩ではまだ抒情主体の「ぼく je」が全ての詩節を始めている。

彼がまず呼びかけるのは、天変地異の地滑りと、それに随伴する「本 livre」の崩壊である。詩の言葉が喚起する天と地の混同、逆転——それはヘルダーリンに兆す、天からの神の不在がもたらす混沌の世界でもあるだろう——は、ここで同時に、一つの全体的「書物」として世界がもはや構想できないことを表しているかのようである。ここで前述の（マラルメを読む）ブランショの影響を考えずにはおれないが、それ以外にうかがえるのは、括弧でくくられた部分（と「体刑 supplice」の語）が連想させるバタイユの発想である――「私は女が服を脱ぐように思考する」[4]。ちょうどデュパンの詩の中でも、時にエクリチュールはエロティックな行為と混同されるが、ここでは覆いを剥ぎ取り、いわば裸体＝真実という（場合によってはあり得ない）エッセンスに到達しようとする行為が終わりなく続くことと重なるだろう。

あたかも「ぼく」を突き落とす山に向かうべく、十分な血気を養うべく、「ぼく」は眠る。そして歩き、書く。最後の二つの詩節は特に意味深長である。「純粋な何かを変える、損ねる」とは、おそらくデュパンの抒情詩人の試み自体を表してもいるだろう。既に述べた通り、失われた無垢な子供の無邪気さも、一途な思慕の感情も、抒情詩はもはや素直に歌うことができない。それは次の詩が言う「己に鎌をふるう歌」でしかあり得ない。その「純粋な何か」とは、この詩においては盲目の猛禽類である。『鶬（ハイタカ）』の題が象徴するように、詩人は荒野の空を舞う鳥の孤独で攻撃的な姿勢に共鳴する（ここでは「ぼく」の鳥となっている）。この鳥はしかし、おそらくは眩（まぶ）しすぎるものを直視したために既に視覚を失っている[5]。デュパンの詩においては、（シャールにとってと同様に）危険が最も大きいところでこそ光も最も激しいのである。この危険とは、例えば驚異でも狂気でもあり得る詩人自身の才だろうか？ 眩（まばゆ）いそこからこそ、「君」の目を守る必要があるのだろうか？

4 「囚人 Le prisonnier」解説

下手に抱きしめられた地、干からびた地よ、
ぼくは君と分かち合う、甕の凍った水と
鉄格子の空気とぼろベッドを。
蜂起した歌だけが
まだ君の麦束で重くなる、
己に鎌をふるう歌。

壁の裂け目一つを通じ
たった一本の枝の露が

Terre mal étreinte, terre aride,
Je partage avec toi l’eau glacée de la jarre,
L’air de la grille et le grabat.
Seul le chant insurgé
S’alourdit encore de tes gerbes,
Le chant qui est à soi-même sa faux.

Par une brèche dans le mur,
La rosée d’une seule branche

生きた空間の全てを返してくれよう、

星々よ、
もしあなた方が向こうで引っ張ってくれるなら。

Me rendra tout l'espace vivant,

Étoiles,
Si vous tirez à l'autre bout.

この詩も一九六〇年の『鷂（ハイタカ）』に収録される。この詩で最初に呼びかけの対象となっているのは大地だが、それはもはや肥沃な母なる根源の大地とはほど遠い。あたかも様々な夢が破られた後の詩人の選択は、貧しい荒れた大地での「つましい道」だったことを思い出そう。この詩が描く囚人の世界は文字通り自伝的な側面を秘めている。精神科医の父を持ったデュパンは幼年期を精神病院近くの住居で過ごした。自らを幽閉する壁を破ってもう一度自由を得ようとする患者の姿は彼の作品の中に深く影を落としており、その強烈な思い出は後日、アルトーあるいはネルヴァル等、狂気の縁をさまよった詩人――その系譜はフーコーが『狂気の歴史』で喚起することになる――に対する共感とも重なり合う。自分を語っているのは内容だけでなく、例えば紋章的な詩集の題『登る *Gravir*』を指し示す三行目の“gr-”の頭韻の反復でもある。

枯れた大地の収穫と言えるのは、囚人達の儚い抵抗を伝える歌のみである。だが、大地を耕すはずの鋤、刈り入れるはずの鎌――それはサトゥルヌスの持物でもあった――が転じて蛮行の道具となるように、その歌は発されながら自らを断ち切る運命にある。戦後の抒情詩人の歌ほど、素朴に自分の感情に抑揚を持たせることを望みながら、それを自らに禁じたものもなかっただろう（「それでもまだ歌うべき歌はある、人間の彼方に」[1]と例えばツェランは『息の転回』で言う）。

壁に穿たれた穴――これもまた『開口部 *L'embrasure*』という一九六九年の詩集の題が示すように

デュパンにとって紋章的なものとなる——から、自由な空間が垣間見える（ジャック・ベッケルの映画、『穴』のように）。露は、ちょうど盲目に壁を掘る作業で生まれる涙や汗などに結びつくだろう。そのたった一滴の滴自体、何かの結実であると同時に、儚さも象徴しうる。第二詩節は音節数が最後の文で伸びるが（六／六／八—九）、一瞬宙吊り（"suspens" あるいはいわゆる「サスペンスsuspense」）となる句切れの後、呼びかけの対象が突然出現する。それは再び見上げた空の星であり、もし向こうの端から枝を引っ張ってくれれば、「ぼく」はあり得ない脱出が可能なのである。歌は届かない星に向かう。

5　「イニシアル L'initial」解説

風の中の細かく乾いた埃よ、
ぼくは君を呼ぶ、ぼくは君の一部。
埃よ、忠実に
君の顔がぼくの顔であることを、
風の中の探り得ぬ［顔であることを］。

Poussière fine et sèche dans le *vent*,
Je t'appelle, je t'appart*iens*.
Poussière, trait pour trait,
Que ton visage soit le m*ien*,
Inscrutable dans le *vent*.

これはデュパンの詩の中でも最も短いものの一つであり、『鷂』の最後に置かれた。この五行詩が表すのは、「つましい」を越え、卑小かつ無意味な物質、塵埃との一体化の希望である。

埃と灰が全ての物質の終着点——そして出発点——であるなら、それが風の中で飛散すると同時に我々の有限の生は、いわば無限に帰することになる。ちょうどリルケの「イニシアル」と題された短い詩に、「無限の郷愁（Sehnsüchten）から生じる［……］／有限の行動が、［……］弱い噴水のように」とあるのは我々にとっては興味深い事実である。だがこの詩が表現する風と埃の感覚世界へ溶け込みたいという願いは、リルケではなく、むしろデュパンが戦時中に読んで感化を受けたバタイユの『内的体験』から来ている。まずは感覚世界との融合によって自己が失われる法悦の瞬間、自分の知り得る全てが焼尽する瞬間、バタイユはその儚い一瞬が永遠をかすめる深い喜びの主題を数々の神秘主義者のうちに見出し、『エロティシズム』でも発展させる（バタイユの引用するランボーの「海と行った太陽」はその象徴的な表現である）。この詩でも「ぼく」は「君」というぼくの欲望の対象の中に消えようとしている。

ここで代名詞の「ぼく」と「君」は「つましい道」の解説で述べたような自己とその分身のように、鏡を通じた反映の関係にあることに注意されたい。つまりこの詩は、いわば粉砕された、埃としての自画像（autoportrait = auto-por-trait）でもある。三行目、つまりこの詩の中心となる行は「埃

poussière」と「瓜二つ trait pour trait」だけでできている。詩の中で二回繰り返される語もこの「埃」と「線 trait」のみである。この“trait pour trait”という表現——その原意は「線に線」、つまり元の線となぞる線が逐一対応しているということになろうか——もまたデュパンのお気に入りであるが、ここでちょうどこの語句をはさみ、詩の前半と後半がシンメトリカルな関係にあることがわかる。まずは音節数で、この三行目のみが五音節であるのに対し、それ以外の行は八音節である。次にこの行のみに、(鼻母音による)脚韻がない[2]。明らかにこの「埃」と「そっくり」を言う行が詩の軸として機能している。こう考えたとき、象徴的なのは二行目である。“*Je t'appelle, je t'appartiens*”という一文は、いわば同じ出だしが二重化し、しかも意味が正反対になる——ぼくは[遠くの]君を呼び、君はぼくに[もう]属している[3]——という、いわば同一と他との間で極めて巧みなやり取りが生じる形になっている。「ぼく」にとって限りなく遠くて近い「君」はもはや抒情詩の特権的な呼びかけの対象、不在の人というより、自分の知らない部分のことかも知れない。

この「君」の「顔」が、限りなく無に近い微小な埃であることは象徴的である。仮に顔がレヴィナスも強調するように現象界の人間(ないし動物)のそれ以上還元できない最低限の唯一性を表すなら、それはここでほとんどゼロに近いものにまで粉砕されている。ジャコメティが戦争中スイスのアトリエにこもって制作した極小の(顔のほとんどない)人間像を連想することは的外れだろうか。ジャコメティ自身も、バタイユの影響を受けて、自分も、対象をも吹き飛ばす(風の)激しい衝動に駆られていたのである。顔のない、無数の「ぼく」は、「つましい道」が自分を追えと呼びかけた詩そのものである。

6 （無題）解説

ぼくはこの燃える炉の床板にへばりつく
麻痺した［床板に］……
ぼくは君の子供を波に返す。
ぼくは海に背を向ける。

［*同じぐらい敵意のある］喧騒と沈黙に勝り
［*］

荒削りだが攻撃する言葉が

J'adhère à cette plaque de foyer brûlante
Insensible...
Je rends ton enfant à la vague.
Je tourne le dos à la mer.

Reconquise sur le tumulte et le silence
Également hostiles,

La parole mal équarrie mais assaillante

不意に蜂起して
［＊夢想の］密な飛翔が暗くした空気を穿つ
［＊］。

詩の難解さの吃水が
消された道を立て直す。

Brusquement se soulève
Et troue l'air ass*om*bri par un vol c*om*pacte
De chimère.

Le tirant d'obscurité du poème
Redresse la r*ou*te effacée.

初出は一九六二年。ピエール・ルヴェルディの死に際して刊行された『メルキュール・ドゥ・フランス』誌の特集号に「ピエール・ルヴェルディに」と題されて掲載された。ただこの時の詩はもう少し長く、「言葉の上に雪が降る。［……］君が黙っていたことを、ぼくは聞く」というもう一つの詩節が末尾に加わっていた。その抑揚はリリカルで、「君」はおそらくルヴェルディであるとわかる。だがその部分と題名を削除した独立した形で、この詩は後に「ぎくしゃく Saccades」という（それ自体「不意に蜂起＝隆起する brusquement se soulève」詩の言葉の流れを暗示する）詩篇の一つとして『登る *Gravir*』に収録される。いみじくもこのルヴェルディはノートに「人生は重大（grave）である。登る（gravir）必要がある」[1]と記していた。

「イニシアル」の「ぼくは君に属す Je t'appartiens」という語句も表す、呼びかけの対象との情意的な一体化が、ここでは激しい熱傷を伴う融合のイメージで表されている。「この cette」という指示形容詞と相俟って、読者に麻痺と焼尽、あるいは沈溺による極限の無感覚状態を喚起する（原文では「無感覚な、麻痺した」を意味する“insensible”が二行目たった一語で強調されている）。

あたかも先輩詩人が生み出したもの、あるいはその思い出を海に戻し（そこにはルヴェルディの詩集の題名『海原の自由 *La liberté des mers*』が谺する）[2]、自分も踵を返すかのようである。

ここで「ぼく je」は最初の詩節で三度続けて繰り返されるがその後は登場しない。ここで我々はデユパンがルヴェルディ（の詩）について後日記した言葉を思い出す。「詩人でなく、作者とは、早くから焼尽された誘惑である。彼は自分が過剰であると知っており、引っ込む。「ぼく je」は禁じられるか、中和される。」そこには、マラルメからシャールに至るまでの伝統が確立する、主体の撤退による新たな抒情詩の次元の開拓があるだろう（それは前述の一種の「内的体験」に近い形も取りうる）。

この「ぼく」を敵意と共に取り囲み、いわば黙殺するのは、同時に騒めきと沈黙である。「囚人」の歌と同じく「荒削り（mal équarrie）だが攻撃する言葉」が反撃する。尖らされ、傷をつける言葉が、ここではもはや透明ならぬ空気に穴を穿つ。動詞の"équarrir"には、四角い穴を開けるという意味もある。

詩は再び自分のことを語り始めている。最後の詩節の言う「詩の難解さの吃水」とは、詩の言葉のいわば水面下の見えない部分が、描きつつ消す輪郭、道筋――例えば四角形、鳥の飛行の線、吃水線等――を再びたどり直すかのようである。火と水、海と翼、闇――"assombri"と"obscurité"の二語がそれを深める――が醸し出すのはネルヴァルからマラルメに至る幻想のノクターンの世界であり、音調は重く密な喪とそれを貫く鋭い緊張である。

開口部

L'embrasure（1969）

7 「森の中の池 L’étang dans la forêt」解説

どこにもない、あるいは君の頬に、とても高く、
光が…… 同じ光、切れ切れに、
壁を剥ぎ、ある夢想の周りをうろつく、
それを溶かす前に…… 森の中の池、［それは］
幼年期、

まるで沈められ［＊］、
土手で不意に引き上げられ［＊た枝のように］
逆光できらめく。

Nulle part, ou *contre* ta joue, très haut,
la lumière... La même, par intermittence,
qui écorche le mur, et rode autour d’une chimère
avant de la dissoudre... L’*étang* *dans* la forêt,
l’*enfance*.

comme une *branche* immergée
tirée par surprise à la berge
et qui scintille à contre-jour.

ぼくがそれにもう声を出させるのは
泥に戻すためだ
その湖畔の町を、その酸性の花弁を……

何も確かなものは［ない］、ここでは、全てが
　ぼくに背き、
省略の源の一つは、描かれない、
言葉のやすり屑の間に、［**その分身を］
　離さずには
［**］。そしてそれを破壊せずには…… それは、
同じ綿密な興奮と共に、
そのどよめきが［***］
二つ目の想起の源を［***覆い隠し］、
鳥の歌のように崩れ落ちる。

言葉、後退沖積土、
［それらは］散らばった未来から靄の前掛けを

Si je force sa voix déjà
C'est pour restituer à la boue
Ses villages lacustres, ses pétales acides…

Rien de sûr, ici, tout *contre* moi,

Un des foyers de l'ellipse, ne se trace,
Parmi la limaille des mots, sans se décorporer

Son double. Et le détruire… Elle,
Avec la même fièvre minutieuse,
Sa turbulence obscurcissant
Le second foyer de l'évocation,
S'effondre comme un chant d'oiseau.

Paroles, alluvions régressives,
D'un avenir épars jetant un tablier de brume

投げかける
この既に暗い幼年期に
その万里の長城は
泥しぶきを受けたまま。

Sur cette enfance déjà noire
dont la Muraille de Chine
Reste éclaboussée.

この詩は、一九六九年に刊行される詩集『開口部 *L'embrasure*』に収録されたもの。特にこの詩集以降、デュパンの詩は、短い独立した詩が集まって一つの全体を形成する詩篇の傾向を一層強めることになる（この詩集で、独自の題を持つ短い詩は八つのみで[1]、この「森の中の池」はその最後のものである）。

ここで『登る *Gravir*』に見られていた幼年期の主題や詩の自己言及的な傾向は一層複雑化した形で現れている。したがってこれは今までの詩よりさらに難解で、しかも翻訳不可能な箇所が多くなっている。

この詩はのっけから英語の "nowhere" に匹敵する否定形の "nulle part" で始まる。だがすぐに前置詞の "ou（あるいは）" によって一抹の希望が（事実一音節で）、「君の頬」に差し込む光の中に見出される。呼びかけられる「君」は一度しか登場しない。また最初から詩の言葉とそのリズムは正に「切れ切れ、断続的 par intermitence」状態である。この届かない高みの光は、ちょうど深い森の中に池が見つかるように、（おそらくは詩的な夢想＝妄想の源でもある）暗い幼年期の記憶を照らし出すのだろうか。あるいはそれを避け、「周りをうろつく」のだろうか。翻訳では生かせないが、原文では「森の中の池」と「幼年期 enfance」が並列され、しかもこの二つ目の言葉は第一詩節の末尾に置かれている（この部分に同じ鼻母音による音韻が集中していることに注意しよう）。句読点なしで詩節間に及ぶ句またぎが行われ、我々はそこに意図的な空白状態、いわば失神（syncope）の瞬間が設けられていることに気づく。

幼年期の記憶が「不意に（ここでは"par surprise"）」引き出されたとき、そのいわば知らないうちに結晶した部分が、逆光で、従って影の中、輝くかのようである。その記憶に声を強要するとしても、全ては再び感覚を鈍らせ殺す泥――再びランボーのモチーフでもある――の中に戻される（リリカルなきらめきは一瞬で消される）。その前にこの詩節は視覚、聴覚ばかりか味覚にも言及する。その場合、この幼年期とは、全ての感覚が混在する、言語化以前の状態、"infans（乳幼児）"でもある。それは既に成人となった人間が思い起こすことのできない、全てが未分化の、自分（＝私）が成立する前の、いわゆる理性が合理化、殺菌してしまう前の、豊かであると同時に暴力的な状態でもあるだろう。

最も長い第三詩節は、最初の詩節と同じく再び否定形で始まる（翻訳でこの語順や動詞の省略は生かすことができない）。"Rien de sûr, ici, tout contre moi"の"Rien"は「無」であり、冒頭の"nulle"と合わせ、「最悪に向けられた否定性の力」を再び思わせる。この行では翻訳しようのない二重の意味がある語の中に隠されている。それは前置詞の"contre"であり、翻訳では「背く」ととったが、この前置詞は同時に「寄り添い」ともとれる。この前置詞はこの詩で既に二度ほど登場しているが、ここではついに相反する二つの意味で詩の言葉が割れる[2]――「つましい道」の表現を借りれば「涙を通じ、裂けた空気の中で」。全てはぼくに寄り添い、そして同時に逆らう。ぶつ切りの句読法、断続的な空白の他、修辞法で言う並列（連結辞の省略）、転置法や破格構文等による省略の発生源（精神分析の用語で言うなら抑圧の対象）は、“rien”以外にも前置詞の“sans”あるいは造語の“décorporer”――「合体させるincorporer」に否定の接頭辞を加えたもので、いわば「分体させる」とでもなろうか――等、様々な否定ないし否認の動きを招くだろう。言葉をその削り屑（という再度卑小な物質）にまみれながら尖らせ、壁を剥ぐ仕事は、ここで否定と破壊のプレシオジテ（極度の洗練）となるだろう。

いわばその元凶の一つが「ぼく」自身であるこの「省略ellipse」は、女性の人称代名詞“Elle（彼女、それ）”で受けられ、一種の擬人化が施されている。それ（彼女）は、「綿密な興奮、熱狂fièvre minutieuse」の中、言い換えれば抒情詩人の高揚しながらも精緻な発想の中、そのどよめきで二つ目の想起（または追想）の手がかりを消しながら、鋭く倒壊する。実はこの段落において、“ellipse”という語にはもう一つの意味がある。それは「楕円」である。幾何学の術語で“foyer de l'ellipse”は「楕円の中心」である。だが等位接続で語の連関が明瞭でないフレーズは明らかに「省略」を示してもいる。詩人は明らかにこの両義性を意図的に用いている。これは詩的言語が完全な妄想と異なり、特殊なエイドス（いわば具体化されない未曾有の形）を描く、とビンスヴァンガーが言ったことを思い起こさせる。[3] 意図的に確定されない意味の余白に、新たな「形」がいわば読むものの心に素描されていくわけである。前置詞の“contre”あるいはこの“ellipse”はその分裂した両義性で我々をはっとさせる。精神分析学者のピエール・フェディダは「両義性自体が問いかける」というブランショの言葉に言及し、「人間の言葉は両義的――フロイトは“Zweideutig”と言う――でなければ人間のでも言葉でもない」[4]といみじくも言った。この詩では既に、“contre”及び“ellipse”と言う二つの、意味が意図的に両義的である故に翻訳不可能な言葉が存在することになる。

最後の続く二つの短い詩節では、再び黒く（noire）塗り消される過去、その記憶を埋蔵する土壌の地質学的なイメージと、垣間見える、見通しの暗い未来の喚起がある。

海の後退で新たな堆積土が形成されるように、記憶の層が言葉の端々に（そしてそれに伴うイメージに）蓄積し、白い頁の表面で形を取りかけては消える。デュパンはあるとき「露天の鉱床 gisement à ciel ouvert[5]」とすら言うだろう。詩のエクリチュールはその表面を剥き出しにする終わりない作業であり、おそらくはカフカの「万里の長城」への言及は、その尽きない、永遠に未完の仕事を暗示している。詩の言葉は、自分を導く暗い幼年期と、未だ書かれていない未来の頁の間で再び宙吊りの状態にある。

断片の詩学II——『天窓の様子』解題

ジャック・デュパンの生まれたアルデッシュは火山地域であり、溶岩や玄武岩などの鉱物の先史時代のイメージが、幼年期の思い出とおぼしき要素と共に詩の中に深く刻み込まれている。本書でそのごく一部を訳出、分析した初期作品に明らかなように、詩の原初的な風景は荒んでいる。廃墟を進むか峡谷の険しい道を登る詩人の「ぼく」は敵に囲まれ、ほぼ全てに裏切られるが、あたかもどこかに自分の声の反響を求め、わずかな期待と共に言葉を放ち続ける。だが呼びかけるのは、人間よりむしろ、蛇や鷹など、まだ反撃力を秘めた野生動物達である。幼年期に戻らせる声と、それを打ち砕く激しい暴力が無差別に共存する所、その粗暴な純真さとでもいうべき声の調子は、彼がランボーから受け継いだものである。発される言葉がその都度かき消されるかのようなその特徴は、徐々に難解詩（la poésie hermétique）と呼ばれる性格をデュパンの作品に与えることになる。難解さに加え雄弁さの拒否は多かれ少なかれデュパンを含むフランスの戦後世代の詩人達に共通する側面だが、その理由は最初に書いた通り、彼らがヨーロッパ文学の様々な伝統とその破壊を経験し、戦後困難なスタートを切ったことにもあるだろう。その背景については、本書に収録された「木片」が語っている。

1

本書の後半で全訳された『天窓の様子 *Une apparence de soupirail*』は既に円熟した詩人の作品であり、一九八二年にガリマール社から刊行されたものである。この詩集は、やや長い不作の時期を経た詩人が、軽度の自動車事故に遭った後に生まれた。一時的にせよ右手が使えなくなった詩人は、ぎごちなく左手でタイプライターを打ち始める。「ずっと書けなかった後、私は吃る子供のように再開した」と彼は言う。

ほぼ正方形のこの詩集の初版を開くと、確かに、一頁に詩は一つ。大きな空白の真ん中に短い言葉がぽつんと置かれている。発展の可能性を奪われた、どれもほぼ同じ長さの、わずか数行の文が、残骸を思わせる何か狂おしい言葉の連なりとなって続いている。しかも、一回限りで全てを言い尽くす短い詩と異なり、絶えず短く終わりながら、本当の終わりをひたすら先送りにし、ひとつの混乱したまとまりをなしていく。たどたどしいこれらの言葉は、絶え間なく崩れ落ち、「淵へ吸い込まれる」かのようであり、沈黙に囲まれ、細々と続く言葉である。「ぼくは石のように呼吸する」[1]（141頁）。

無機物に吹き込まれるはずの息、あるいは霊感たる息など期待すらできず、もはや呼吸すら負担として意識する必要があるかのようだ。凝固寸前で、詩人としての「ぼく je」の「死」を感じながら、そこに限りなく接近しながら、彼は「びっこを引く」(158頁)。もはや「ぼくには眠るための力しかない」(161頁)、という彼が直面しているのは、ボードレールを始めとする数多くの詩人が表現してきた深いメランコリー、ないし無気力(中世の孤独な僧侶たちが取り憑かれた「アケディア acedia」)であるだろう。

同年に出版され、後日『欠席裁判 *Contumace*』という詩集に収録される「無為 Le désœuvrement」という難解な詩篇は、既にそのタイトルからして、詩人が直面した空白の時間を物語っている。ちょうどこの詩篇を締めくくるのは、無為(=不作)ということでは歴史的な「芸術家」、マルセル・デュシャンの最後の作品への言及でもあった。

これらの詩集の言葉は、欠落、無為、不在など、いわばネガを下敷にして、言い換えれば自分を打ち消すことによって持続する矛盾した言葉である。そもそも無為=不作(désœuvrement)の懸念、これはデュパンが深く傾倒した作家兼思想家、モーリス・ブランショのものでもある。ブランショによれば、とりわけドイツ・ロマン派に根ざすそれは「狂気、失墜、忘却」を伴う芸術作品のネガティヴな極をなしており、しかもその芸術運動の必然的な帰結であった[2]。断片化され、未完のまま暗示のみして終わる詩の言葉や音楽の旋律、あるいは廃墟と残骸の主題は確かにロマン派の詩人、芸術家の好んだものだった。だが、同じ短い言葉でも、ここのデュパンの言葉、さらには多くの現代の詩人の言葉は、ロマン派の詩人達とは異なり、もはやアフォリズム的に何かを断言することすらできない。アフォリズムとは、詩の言葉が時としてそれに極めて近い叡智的な格言を指すが、フランスの近代においてこの側面を最大限発揮したとも言える詩人は、デュパンが若くして親交を持ったルネ・シャールであった。シャールは自分の詩の短さについて「ヒュプノスの綴」でこう言う。「私は短く書く。私は長く不在にできない」――もしそれが見張り等ではなく沈黙から長く留守にできない、という意味なら、デュパンのこの詩集にふさわしくも思える。だが、もしその言葉が力強く断言する力を奪われているとすれば、それには理由がある。その言葉は、発されながらかき消される故に、短くならざるを得ないのである。

デュパンは既に見た通り初期詩集、『登る *Gravir*』において、「エジプト女」等いくつかの優れた短い詩を残している。これらの詩を、友人の詩人、フィリップ・ジャコテは「アルカイックな碑文のような簡潔さ、重々しさ、純粋さを備えている[3]」と評していた。確かに、石碑にはその堅さ故に、長く、流れるような言葉を書くわけにはいかない。その短さは運命的でもあり、書く行為は石に刻み込む、つまり傷をつける、あるいは侵犯する暴力的な行為でもある。この詩集では次のような言葉がそのことを裏付ける。

ぼくの恐怖は顔を出す岩の上に刻まれる……

Ma peur s'inscrit sur la roche qui affleure…（162頁）

沈黙を砕かずに書く。引っ込む場所の侵犯として、書く。

Écrire sans casser le silence. Écrire, en violation d'un lieu qui se retire.（170頁）

しかし、言葉として短いのは碑文ばかりではなかった。同じように短くても、例えば壁の落書きのように素早く書き付けられ、そしてはかなく消え去る言葉がある。碑文と落書きは方向性が全く逆のエクリチュールだが、同じ短さとに特徴づけられる。そもそも落書きとは、デュパンの友人であったカタロニアの大画家二人、タピエスやミロの絵を思わせるばかりか、例えば一九六八年に起こったいわゆる「五月革命」で、無名の人々が壁に書き付けた、蜂起する言葉、時として正にアフォリズム的な言葉すら思わせるのである(4)。かき消すことのできない、刻み込まれた言葉、あるいは、書かれたその翌日にはもう存在しない、消え去る言葉。この詩集の短い言葉はその両極で揺れているかのようだ。繰り返し喚起される、いわば吹き消す「息」と刻まれる「岩」の間に、我々はこの言葉を読む。

言葉のそれぞれが発される瞬間に消えるのに値する。迸り蒸発するのに。

Mériter que chaque mot s'évapore à l'instant de son émission. Qu'il jaillisse et s'évapore.（165頁）

さて、この詩集のタイトルの『天窓の様子』は、デュパンが愛読するランボー最後の散文詩集、『イリュミナシオン』の「幼年期V」から取られたものである。

苦い思いの時、ぼくはサファイアの、金属の球を想像してみる。ぼくは沈黙の支配者だ。なぜ丸天井の隅っこで天窓は薄青い様子なのだろうか？[5]

Aux heures d'amertume je m'imagine des boules de saphir, de métal. Je suis maître du silence. Pourquoi une apparence de soupirail blêmirait-elle au coin de la voûte ?

天窓から闇に仄かな光がさし込む様子——それは、とりわけ『エフェメール』[6]誌を通じてデュパンと交友関係にあったパウル・ツェランが、晩年ロンドンで見て感銘を受けたレンブラント（帰属）の絵のように、真っ暗な部屋に上部から光がさしてくるイメージである。精神を煩い隔離病棟を経験したこの時期のツェランと、デュパンのこの詩集の題を結びつけるのは、あながち的外れではあるまい。この点は既に触れたが、デュパンは父親が精神科医であり、幼少期を隔離病棟のそばで過ごしているからである。自らを閉じ込める空間から外に逃れようとする患者の姿とその言葉は詩人に深く影響を与えている。(期せずしてツェランの最後の翻訳はデュパンの詩篇「大きくなる夜[7]」であった。ツェランの晩年の詩集、『光の強迫 *Lichtzwang*』のその題が、仮に隔離病棟の終夜灯を暗示しうるものなら、それと平行して「大きくなる夜」は、心の闇でしかあり得まい。)

タイトルが『イリュミナシオン』から来たとすれば、詩集を開いて最初に目にする銘句――「私は自分を死んだ人間と見なしたときようやく生き始めたと言うことができる」――は、ルソーの『告白』から来ている。

これら二つの引用には、密かに共通する意味がある。仮にランボーの「幼年期」の断片が、言葉で自らを葬り去る墓の形成に匹敵するなら、ルソーの引用も、それまでの自分の死と不確かな新たな自分の生を告げるものである。

この詩集を読み始める我々は、ここで既に二つの決定的な手がかりを与えられている。一つは「断片」というこの詩集が依存する形態そのものと、もう一つはこの詩集の内容が特殊な形で自分のことを話そうとする、告白ならぬ一種の「自-伝 auto-biographie」的なものではないかということである。もちろん自伝と言っても、年代順に自分の記憶を一つの連続体として散文で再構成する試みとそれはかけ離れている。むしろ、語源的な意味での「自分(オート)(の)生(ビオ)(を)書き付ける(グラフィ)」試み、自分を語ろう、伝えようとする途上の、自己言及的なエクリチュールに近いということである。だがここでそれはもはや、一切の物語の流れをなし得ないばらばらの断片に過ぎない。

そもそも引用とは断片である。例えばハイデガーが、詩と哲学の境界の知を秘めた言葉として何度も註釈したヘラクレイトス、パルメニデス等は正しく断片として残存してきた。この意味からすれば、断片とは、それが与えがちなネガティヴな印象とは異なり、むしろ高貴な形式でもある——ドイツ・ロマン派の特権的な形式であった「断片」についてラクー＝ラバルトとナンシーはそう指摘する。[8] 言うまでもなく、デュパンに深い影響を与えたシャールの多くの詩も「断片」である。

そしてこの詩集で断片のそれぞれが次を呼びながら暗示しているとおぼしきもの、つまり頁を繰る我々が想起させられるのは、夢や空想と混じり合った、（とりわけ幼年期の）記憶のかけららしきものである。これはE・シュタイガーが『詩学の根本概念』で言ったことだが、抒情詩人の回想は非合理的なもので、その「私＝ぼく je」は自伝の作者とは全く別物である。特にここでは、言葉自体が絶え間ない省略と、持続を拒む各瞬間への断片化に直面し、いわゆる抒情詩らしい姿をとどめないほどになっている（この点はツェラン等と共通している）。

デュパンにとってこのように詩の言葉によって記憶と自己形成を問いかける試みはこれが初めてではなかった。例えばその側面は既に一九七五年に出された詩集、『外 *Dehors*』の長い詩篇、「ある物語 Un récit」でも強く打ち出されていた。そしてこの詩集でも、書くことにより、つまり不定形の自分の内面に形を与え、刻み付けることにより、いわば思考する自分の生と死——両方とも自分自身では知り得ず、書けないものである――に到達しようとする動きが垣間見える。自己の内面を繰り返し言語化することによって、自分の残せる痕跡を確かめたいという思い、それはこの詩集においては、言葉で表現可能な意味の連鎖を辿るだけでなく、今から見ていくように、とりわけ視線、声、あるいは香りなど、意味の次元を越えた身体的な感覚への訴えを最大化することによっても行われるだろう(仮に荒廃した心の背景がこの詩集にあったとしても、その裏腹に、表現されている感覚世界は極めて豊かである)。それが明らかな断片をまず引用しよう。

> まるでぼくが生まれていなかったかのように書く。かつての言葉――崩れ落ち、露にされ、淵に吸い込まれ。**言葉なしで書く**、まるでぼくが生まれつつあるかのように。
>
> Écrire comme si je n'étais pas né. Les mots antérieurs : écroulés, dénudés, aspirés par le gouffre. Écrire *sans les mots*, comme si je naissais.
>
> (134頁。斜体による強調は詩人本人による)

「吃る子供のように」もう一度筆をとる詩人。思えばフランス語の「幼年期 enfance」の語源であるラテン語の"infans(乳幼児)"は、元来言葉を持たない、無言であるという意味でもある。その場合、言葉なしで書く、とは一体何を意味するのか、あるいはどう解釈すればよいのか? まだ言葉のない、エクリチュールならぬエクリチュールは、その起源の作業、原初的な痕跡を残す作業に、言い換えればひっかき（gratter）、傷を付け（graver）、生まれつつある形をなぞろうとする行為に、そして書き、描かれたもの（graphie）に、落書き（graffiti）に、やがては素描にも近づくだろう。[9]

> 消えたエクリチュールを描いて。一本の糸で光となった擦筆画。
>
> **Dessinant une écriture disparue. Estompe devenue lumière par un fil.**
>
> （142頁）

しかしここでの擦筆画は、鮮明な輪郭どころか、こすることによっておぼろげなシルエットを浮かび上がらせるものに過ぎない。同じようにこの詩集では、限りなく不安定な「ぼく」の影と分身、あるいは声のエコー等が出現する。

言葉なしで書く——言い換えればそれは、余白という、書き付ける自分が言葉を失いたじろぐ瞬間、書く手が迷う瞬間に近づくことでもあるだろう。ためらいながら、思考に強いながら、ありとあらゆる跡を残してみながら進む[10]、それは苦しみなしではあり得ない、それは分娩の、あるいは瀕死の苦しみ——「突っ立った瀕死」（155頁）の人間のようでもある。フランスの近代詩で系譜をたどるなら、若いデュパンに影響を与えたアルトーの「地獄の日記の断片」、あるいは、言うまでもなく、排斥された「ぼく」のいわば仮面の告白が断片のつづれ織りの形をとった、ランボーの『地獄の季節』が挙げられるだろう。

苦しんで。既にもうほとんど苦しまないで……　ぼくは書く、失望した死の、最も、ほとんど、既に、を。ぼくは書く、砕かれた光線の、**子供の**、無限の過去形で。開かれた光の……

Souffrant. Ne souffrant presque plus déjà... J'écris le plus, le presque, le déjà, – de la mort déçue. J'écris au passé infini, *enfantin*, d'un rayon brisé. De la lumière ouverte...

（163頁）

この幼年期への、自らの生まれた起源へのいわば「上流回帰 Retour amont」（シャール）の試みによって、新たな自分が（未来に向かって）テキスト上に生まれると同時に、かつての自分を構成していた言葉と記憶が忘却の闇に葬り去られる。今書いている自分の生の記録はルソーの引用を思い出すまでもなく、一種の脱皮、あるいはそれまでの自分の死(タナトス)を書き付けること（いわば"auto-thanato-graphie"）でもあるだろう。付言するなら、ブランショがマラルメを例にとって強調するように、詩人は（ある種の）死を経験しなければ本当の詩人にはなれなかった。「死んでいても、ずっと聞いている。非人間でいる」と詩人はメモのように記すだろう（152頁）。「生まれていなかったように」、「生まれつつあるかのように」、あるいは「死の最も（le plus）、ほとんど（le presque）、既に（le déjà）」等の表現は、詩人が言葉の虚構の仕掛けを通じ、その（死と誕生の）瞬間に接近を試みているかのように思わせる。[11] これらの例が示すように、一般の自伝的試みで用いられる過去形（フランス語の半過去等）の時制は崩れており、普通の語りで過去を明るみに出すという動きは一切機能していない。問題の場面が過去の情景であったにせよ、それは夢の中でのように、ほとんど現在形である（シュタイガーも抒情詩人においては現在形が支配的であると指摘している）。ここの「無限の過去形 le passé infini」とは一体何を意味しうるのか。ここではとりあえず、「光」、あるいは「糸」など繰り返される語に注目しなければならない。この糸が記憶の断片をつなぎ合わせ、記憶の闇に光を投じるということだろうか？

2

ここで最初からいくつかの断片を一つ一つ見てみよう。

糸一本から空間へ。果てしなく。開かれた夜の生地を風化させずに。**彼らの**協奏する叫びを中断せずに。
D'un fil à l'espace, interminablement. Sans désagréger le tissu de la nuit ouverte. Sans interrompre *leurs*

cris concertants.（128頁）

ここにはまず糸と生地のイメージがある。破れ、外気に晒された生地、それは言葉と自分をのみ込む「大きくなる夜」であり、ブランショの言う「もう一つの夜」を思い出させる。それは「せずに sans（英語の without）」という、否定形なしの否定の連続による、否定自体を否定するいわば否定神学的な、非知の行きつく夜すら思わせる。後述するが、紡ぐ糸のイメージは、この詩集で何度も現れる。思考の生地、組織が破け、ばらばらになった言葉を縫い直し、余白の空間を渡るエクリチュールの試みを指すのだろうか。一切特定されていないがただ強調されている「彼ら」と、夜の静けさ、あるいは糸一本の細さと鋭く対立する叫びがここに喚起されている。次はマグリット風の午後の夢である。

ある午後の夢。屋根裏部屋へゆっくり流れ込む雲。そして自己保存の本能、ロープの上で引きつったぼくの指。

Rêve d'un après-midi : un lent exode de nuages dans les combles. Et l'instinct de conservation, mes doigts crispés sur une corde.

「雲 nuage」はこの詩集で時々出てくる(130, 158 頁他)。ちょうどそれはミロが夢想と結びつけたキャンバス上の不定形の染みをも思わせる。この詩集では、夢と眠りが頻繁に喚起されるが、いみじくも話者の「ぼく je」は頻繁に不在である。夢の中のイメージの断片のように、もはや行動主体の自分ではなく、感覚的な細部の浮上がある。だが細部とは正に断片の特質が最も発揮されるものであり、ベンヤミンの言葉を借りるなら、細部なしで全体の(真相の)懸念もあり得ないのである。

ここで言う自己保存の本能とは? 糸の次はロープだが、指はそれにしがみつくどころか、痙攣している。冒頭から喚起される叫び、痙攣の連続は、詩の言葉を隔てる沈黙の、失神の空白と表裏一体ではないだろうか。そして痙攣(spasme)とは、いみじくもギリシャ語の「断片 apospasma」の語源とも関係がある——元は引きはがされたものを意味する——ことを興味深い偶然として指摘できる。

まずこれら二つの断片で気づくことがある。それはこれらが構文(“syn-taxe”、つまり語を一緒に配置すること)を拒み、動詞のない言葉、いわば時間性を失って放棄された、付帯状況のみを表す言葉になっていることである。三つ目の断片を見よう。

> 揺らめき、むき出しで…… まるで彼が迷うのにもはやある名前を必要としなかったかのように。彼は光が辛抱強く追い付くのを聞く。光が、辛抱強く、彼を許すのを。

Vacillant, découvert... Comme s'il n'avait plus besoin d'un nom pour être perdu. Il écoute la lumière patiemment le rejoindre. La lumière, patiemment, l'absoudre.

（129 頁）

主体よりもまず状況を表すこの現在分詞（vacillant）と過去分詞（découvert）、とりわけもう何度か見たこの現在分詞――「苦しんで souffrant」等――の意味は何か？　この形はこの詩集で繰り返される。そして次の文は、否認のロジックを想定し、むしろ「彼が自分を見いだすのにある名前を必要としていたかのように」と取るのが妥当かもしれない。あたかも記憶を取り戻し、光が訪れ、自分が許されるかのように。「光のしおり」という美しい表現は、それと無縁ではあるまい。

名前――他の箇所で名前が出てくるときは「君の名前」（154, 165 頁）――とは、同じ名前であっても、それを辛抱強く思い出すことで記憶が明らかになるもの、光の下に晒されるものであるだろう。想像をやや飛躍させるなら、それは、正にエクリチュールが誕生する前に、叙事詩（poésie épique）において記憶を喚起する特殊な名詞（「エポス épos」）が重要な役割を果たしていたこと、そしてその語は書かれる前にまず聞かれ（そして思い描かれ）ていたことと無縁ではないかもしれない。神話的な語りに欠かせなかった、喚起力が極めて豊かなこの名詞は、合理的な理解が優先されはじめたとき、ロゴス（理性的な言葉）に取って代わられ、忘れられて行く運命をたどったのである。

この断片の「光を聞く」という視覚と聴覚を混在させた表現は、耳にした表現が夢の中でイメージ化されることを思わせる。そしてこの「彼」は、既に示唆した通り（註11参照）、おそらく自伝が客観化して語ろうとする「ぼく」ではないだろうか[12]。

記憶のためということで言えば、この詩集で何度か出てくる比喩的と思われる場所があるが、それはかつてレトリックの記憶術で言われた「トポス（場所）」を思わせる。何かを思い出すにはそれがある場所を確認すればよいからだ。例えばロラン・バルトによれば、空間と備蓄をからめたイメージが優遇されるという[13]。それらは「源」、「井戸」、「鉱石の脈目」、「円」等だが、驚くべきことに、この詩集でも頻出する。我々は、デュパンの詩の原初的な風景を構成する鉱石のモチーフ数々との関係、石と記憶との関係（前述のカイヨワ等）にも思いをやる。

四つ目の断片に移ろう。

> 鉄の橋の上で動かない、君。もう一つの物語を眺めて。ぼくの眼で眺めて。**動かないで**。動かない時間を眺めて。
>
> Toi, immobile sur le pont de fer. Regardant un autre récit. Regardant avec mes yeux. *Immobile*. Regardant le temps immobile.
>
> （下線、点線は本稿筆者による）

「物語 récit」への言及はこれが初めてである。だが語り、朗誦し(réciter)、聞くべき物語が何かはまだわからない。大人の告白の、自伝の物語とはまだ思えないし、子供のお伽噺――それはアドルノが言ったように「叙事詩的な素朴さ」を持つ――ですらない。全ては断片化されたままである。また我々はここで、「ぼく」が初めて登場することに気づく。しかし原語においては、「ぼくの mes」という所有形容詞に隠れて自分の存在が示唆されているに過ぎず、主語の“je”として言葉をとる話者が姿を現すのは次の断片でしかないとわかる。この「君 toi」は、後述される「鉄の橋の上で立って眠る彼女」(152頁)かも知れないし、場合によっては抒情詩における愛する女性かもしれないが、ここで「ぼくの眼」をしているなら、「ぼく」のアルター・エゴでもある。硬直した時間の「動かない immobile」と、現在分詞「眺めて regardant」の三度ずつ均等な反復によって(原文ではシンメトリカルに配置されている)、一種のストップモーションがもたらされる(136頁の最初の断片など)。これが動かない、あるいは終わりのない、「無限の過去形」だろうか? 斜体での強調は少なくともここでは、夢の中でのように、クローズアップされる部分を思わせる。既に数度の繰り返しを見た現在分詞だが、その反復で明らかになるのは、明示されていない主体が何かの動作の途上にあること、常に未完の状態にあることである。それがさらに明らかに示されるのは一つ先の六つ目の断片である。

……そして子供っぽいチェスボードの上で後退して。主体の不在が皆の眠りを引き裂く。陣地を失う。

飛ぶ鳥を射つ。

… Et reculant sur l'échiquier enfantin. L'absence de sujet déchire le sommeil de tous. Perd du terrain. Tire un oiseau en vol.

「そして」で唐突に始まる以上、前に起こったことはわからない。そして「ぼく je」はまさに引っ込み、動詞の主語としては既にマラルメが「話者の詩人の消滅」と言ったように不在である。まるで幼年期が、成熟した大人の進めるチェスの駒、ここでは「エクリチュールの企み」（註11参照）に応じて出現ないし消失するかのように、二つの時期の間で自己矛盾を起こす言葉、あるいはこの詩集での表現を使うなら「引き裂かれた」言葉が続く。ここで五つ目の断片に戻ってみよう。

ぼくは通りで盲人の笑いとすれ違った。雲、断崖、海——**彼の**胸に**押し付けられて**。音楽が窓の数々の中で始まる……

J'ai croisé dans la rue le rire d'un aveugle. Les nuages, les falaises, la mer : *serrés* contre *sa* poitrine. La musique commence dans les fenêtres…

初めて「ぼくje」が動詞の主語として登場したとき、それは眼の見えない人、しかもそのはじける笑いとすれ違うことで自分の意識が活性化されたかのようである。失われた視覚と始まる音楽。（神話においてよく見者の役割を果たす）盲人は、視覚以外の感覚を研ぎすませている。[14]「ぼく」の代わりに彼が肌に触れるほど感じているのは、既出の形のない雲――おそらくは「ぼく」はその輪郭をたどらなければならない――、転落しかねない断崖、そして自分を呑み込むであろう海である（153頁も参照）。

この「ぼくはすれ違った」の過去形を除けば、前述のようにこれらの断片に、いつ誰が何をしたという通常の語りに必要な時間の設定はない。それは再構成された自伝の時間では全くない。だが夢の中でのように、思い出されたであろう過去と今現在の共存という倒錯した時間性がある。ここにあるのは、普段の「自己」を形成するいわば公式な記憶のネガ（つまりその記憶が捨て去った無意味な残存物、夢の中で蘇るような何か）の寄せ集めに過ぎない。それは従って「ぼく」の「もう一つの物語」、ネガで描かれる故に、「紙の、声の、縁のない物語……」（166頁）である。言い換えれば書き付け残されることなく、今の声によって現前させられることもなく、紙の限界を越えて、始まりも終わりもない「無限」の、「途絶えざる物語」（132頁）、おそらくは「ぼく」個人の生と死による一つの全体として完結し得ない、例えばニーチェが自らの『ツァラトゥストラはかく語りき』の副題としたような「皆の、そして誰のためでもない」物語である（155頁参照）。デュパンはこのような「物語」に「隠された出口 L'issue dérobée」等の別の詩篇でも言及している。それは何を意味しうるだろうか。例えばドイツ・ロマン派が夢見ていた、「あらゆる個人がそこに生きる[15]」存在し得ない、絶対的な「作品」の夢と関係がありはしないか。その点についてはこの後に触れることにしよう。

3

このように最初のいくつかの断片を読んでくると、我々はこれらの中に全体を導くモチーフを既に見ることができる。音楽的な比喩に頼るなら、ある長い曲が、その最初の数小節にその後の展開全ての可能性を秘めていたり、あるいは主題と変奏の形で同一と他を交互させたりするようなものである。そうすれば、最初に出てくる「糸」は、やはりばらばらになった言葉、断片それぞれの間を結び、全体をくくろうとする象徴的なモチーフとなるだろう。詩のエクリチュールは、分裂、錯乱した自分の生をまとめようという意味での「自－伝」的行為でもあるだろう。果たして分散した断片の間にアリアドネの糸は通せるのか。既に我々の試みる解釈が、分散したものに一つの意味を見いだそうとする試みであるが、そもそも全体に一元的な意味（「本質」等）を与えることは、同じく断片のエクリチュールにこだわったニーチェによるなら、無意味かもしれない。いずれにせよ断片はその文脈の省略によって様々な解釈が可能であり、ここでの我々の試みも、遠からず暗礁に乗り上げる運命にあるだろう。

断片と全体がお互いを想定するのは、既に示唆したように、ドイツ・ロマン派の「断片」を巡る重要な発想だった。しかし既にロマン派においてすら、時に、この全体へと、一体へと向かおうとする動きが、あたかもその内部から突き崩されるかのように、つまり断片と全体のシステムの間に弁証法的プロセスが成立しないかのように、「痙攣」の動きが、そしていわば失神ないし空白の瞬間があった。このことは実は、ヘルダーリンの、断片のままで残された詩について言えることであった。例えばベーダ・アレマンは、完成した作品の背後に少なからぬ未完のエスキースを伴っていた讃歌の時期のヘルダーリンについて言う。

> おそらくホンブルクの草稿の長い文章数々は［……］全てを一度に、そして可能なら、**一つの文**で言う必要を彼が感じていることを最も印象深く示している。この傾向が、あらゆる措定（Position）は不完全であるという常に強い意識を伴うなら、つまり克服してより高いレベルを得たいという欲求を意味するなら、詩的創造と思考は常に断片化の危険に晒されている。[16]

おそらくは、この断片化のモーメントにおいて、詩と（哲学的）思考は最も近くなるのだろう。デュパンの初期詩集の題を借りるなら、この懸命に高みへと「登る gravir」動きがいわば粉砕される時である。常に前の段階に戻ろうとする動き、自分の内部から完成を突き崩す動き、進行を引き留める動き、それはフロイトの神話的な表現を借りるなら、死の欲動（タナトス）のようなものでもある。『天窓の様子』でも、いわば自分から死に向かう動きは例えば「石のように死を温め」（150頁）という矛盾表現で表わされている。エクリチュールは「死の浸透の経験」（173頁）である。

休止点から休止点へと続くこの詩集の文章は、元来全体が長大な一つのフレーズで構成され得たのだろうか。明らかに、同じ声調の断片の数々は、かつて存在し得た何かの廃墟であり、読みながら我々はそれを目の前にしているかのようである。「チャンドス卿への手紙」におけるホフマンスタールの言葉が思い出される。「全てが部分に、部分がまたさらなる部分に解体し、もはや一つの概念で包括しうるものはなかった。個々の言葉は私の周りを漂い凝固して眼となり［……］それを通じて人は空虚（Leere）へと至るのだ。」それは全てを一つの作品の中で言ってしまいたいという言わばヨーロッパ（十九）世紀末の文学・芸術に共通した欲望の裏返しだが、文学におけるその一例は、言うまでもなくマラルメの「書物」（あるいはプルースト）である。それはもちろんのこと、元はドイツ・ロマン派に根ざす「絶対」、「全体」への希求の表現でもあり得た。だがそれが不可能である以上、作品は限りなく分散した未完の、従って断片の形でしか存在し得ない。いみじくも「絶対の詩はあり得ない」と言ったのは「子午線」のパウル・ツェランだった。『天窓の様子』の次の表現も、現代詩人にとってもはや不可能な絶対の「本」を思わせる。

引き裂かれた本、開かれた抜け殼。
Livre dilacéré, dépouille ouverte.
（138頁）

おそらく「引き裂かれた déchiré」、「開かれた ouverte」という二つの形容詞は交換可能で、その場合一種の交差法によるものだが、そのいずれにもぽっかり空いた空洞のイメージがある。「本」と言う一つの全体の企てが失敗し、分散する断片しか残っていないということは、全てを言うことと、その不可能性の同時の意識を示しており、そのとき全てと無ないし空虚、作品と不作（＝無為）は表裏一体である。ブランショは一九四九年に刊行されたエッセイ集、『防火地帯 *La part du feu*』でマラルメについて既にこう記していた。

だが全てを言うとは全てを無にしてしまうことでもあり、そうして存在と虚無の交差するところで一種の謎めいた力が明らかになる……

そして『天窓の様子』の次の極端な矛盾表現は、いわばこの「謎めいた力」の表れにも取れないだろうか。

何も言わない、何も黙らない。それを書く。落ちる。流れ星のように。
Ne rien dire, ne rien taire. Écrire cela. Tomber. Comme le météore. Être le seul à oublier comment la nuit se déchire...

（133頁）

いわゆる二重の拘束（ダブル・バインド）によるこの特殊な沈黙、言葉を持たない乳幼児（infans）の無言とも、神秘主義的な沈黙とも無縁ならぬ沈黙を、一部の詩こそが、緊密に保ち続けてきた。アレマンは言う、「全ての本当の詩的言語は、〈言う〉と〈黙す〉の間の相反する戯れの中で開花する。これが、言われたことだけにしがみつく科学が本質的に詩的な領域に全く到達できない真の理由である」。デュパンの言葉ではこうなるだろう——「沈黙を砕かずに書く」。

全てを言うことは、残された部分を消してしまうこと、おしまいにすること、言い換えれば締め付ける、息の根を止めてしまうことでもある（170頁参照）。冒頭で言及したが、この詩集で繰り返される息のモチーフはそれと無関係ではない。連続したシークェンスを取ってみよう。

死は不安定にしか存在しない。息の中。
La mort n'existe qu'en porte à faux. Dans le souffle.
(157頁)

そしてその次の頁では、今指摘したことが複雑に絡みあった断片がある。

帰りの小道でびっこを引き、煌めき。彼。他人(Un autre)。他者(L'autre)。認められ、見つめられた死の緊張緩和の中……　断層の線すれすれで(Au ras)、張り付いて(au nu)。言語の黙と失望の戯れによって。あおられた、息の残骸の下……
Claudiquant, étincelant, sur le sentier du retour. Lui. Un autre. L'autre. Dans la décrispation de la mort inconnue, dévisagée… Au ras, au nu, de la ligne de fracture. Par le *tu* de la langue et le jeu de la déception. Sous les débris du souffle, attisés…
(158頁)

仮にこの「彼」が語られた時間の中での「ぼく」であるなら、この帰りの道は、「ぼく」が本当の、あるいはかつての自分に帰る道だろうか——例えば「ぼくは完全には戻っていない」という146頁ではナイフで息の根を止めるイメージすらある。強調された文中の「黙tu」は二つの意味にとれる。「黙する taire」の過去分詞、あるいは主語人称代名詞としての「君 tu」。その多元的な決定（フロイト）を示唆する戯れ、そして、巧みな韻を伴うことになる二重化（un autre / l'autre や au ras / au nu 等）によるイメージの喚起で、全体が夢の中の判じ物の様相を呈し始める。

4

これらの今はかけらとなって漂う断片の数々に統一性を想像したとき、そこに人は起源と未来の両方を見ることができる。つまり今はないが将来にあり得る、あるいはかつてあり得た統一性を断片は明らかにする。例えばブランショは、シャールの断片的かつ神託的な言葉を巡り、言葉の秘める未来を強調する。[17] ブランショにも影響したドイツ・ロマン派にとって、断片とは企て（projet）でもあり、だからこそ未完は宿命でもあった。それでも断片は未来の約束であり、ノヴァーリスの題名を借りるなら、『花粉』を蒔くことでもある。もはや失われた統一性を、今度はユートピア的に再構成できる兆しでありえるのだ。[18] 実はここで、断片が、一つにまとめうるばらばらの個別性という意味で、政治的な次元とも関係を持ち得ることになる。この点を徐々に見て行こう。

過去と未来の合間で宙吊りになった断片の言葉について、例えばデュパンはシャールについてのエッセイでこう言う。

断片の詩、［……］この群島は埋没したかつての大陸の破片でできているのか、あるいはむしろ持ち上げられた地と洪水の宿命から逃れた火山群の予感ではないだろうか？ それは、言葉（ランガージュ）を支えていた幻想が崩壊してから、我々のものとなっている非連続の持続に属している。(19)

この決定的な表現、「言葉を支えていた幻想」について考える前に、デュパンのブランショに関する言葉を続けて引用してみよう。デュパンはブランショの小説、『待機　忘却』というその題に、まず過去と未来の分岐点——いわば「非連続の持続」、宙吊りのモーメント——を見る。

離しがたく離れたこの二つの言葉は、私にはずっと、詩的作用の極まりの瞬間［……］を表しているように見えてきた。持続のない待機、未来のない忘却の遭遇と分散、そしてそれらの閃光の中での融合。(20)

持続のない現在におけるおぼろげな未来の待機。詩の表現する忘却と未来の関係にここで踏み込むことはできないが、少なくともデュパンは待機と忘却の間に、「見えないが活発な緯糸があったかのよう」だという。『過去と未来の間』のアーレントを待つまでもなく、過去をどう未来に引き継ぐか、すなわちどう現在を生きるかというのは、結局優れて政治的な問題であった。

ここで『天窓の様子』に戻ろう。この詩集の断片が明らかな脈絡によって繋がれていないのは、ひょっとして、詩人本人も感じていた、「言葉を支えていた幻想」が崩れたためとも言えないだろうか。そのとき我々は、この詩集で言われる「ある横顔、そして物語の不在」（154頁）という表現をどう解釈すればよいのだろう。自己の物語の不在に加え、人々に共通していた物語、あるいは人々の『共通の現前 *Commune présence*』（シャール）、無数の顔の同時の集まりを保証していた物語がなくなったという風に考えられないだろうか？　言うまでもなくそれはナショナリズムなどとは程遠い。

偶然ながら、いわゆる「大きな物語」、簡単に言えば人間世界の大まかな枠組みを説明しようとするかつての有力なイデオロギー等の筋道がもはや説得力を失い、その形骸化が、近代の終わりを告げるものとされたのはこの直前のことだった（リオタール）。そしてナンシーがその『無為の共同体 *La communauté désœuvrée*』において、近代の共同体を構想してきた神話等の枠組の「無為＝不作」を取り上げ、それにブランショがいち早く反応して『明かし得ぬ共同体 *La communauté inavouable*』――それはバタイユやデュラスにおいて彼が見いだす、文学こそが可能にする共同体であるのだが――を発表するのが一九八三年である。つまりそれは、近代の共通かつ共同であったはずの思想数々の喪がフランスで相次いで発された時期である。少なくともデュパンにブランショの反響はあった（本書に訳出された一九八九年の詩論「木片」に、バタイユの言う「ネガティヴな共同体」への共鳴は明らかであり、中の「打ち明かせぬパートナー partenaire inavouable」という表現がブランショへの答えである）。

『天窓の様子』の中に具体的な政治的発想の示唆はない。あるのはただ漂流する詩の言葉の断片のみである。だが断片は、どうしてもそれら数々に共通しうる意味を想像させずにはおかず、その意味の不在こそを例えばナンシーはずっと問いかけてきた。端的に言えば、現代は、構想すべき、ないし築き上げるべき意味が不在の時代かもしれない。ちょうど多くの現代劇に（意味を与える）寓話が、あるいは“mythos（神話、物語）”がないのは偶然ではない、とナンシーはその『世界の意味』で言う[21]。

確かに『天窓の様子』では、かつてデュパンが「氷堆石 Moraines」等一連の散文詩で用いていた寓話的、あるいは演出的な効果はもはや機能していない。これらの断片は、それぞれが限りなく空虚に晒され、限りなく触れあおうとしては失敗し、その「ぎざぎざの dentelé, déchiqueté」縁が（163, 168頁）、触れる痛みを喚起し続けているようにみえる。断片はその縁で伝え合う。ナンシーが示唆するように我々が共通の意味の不在に晒されているなら、問題は「いかに語がその意味の縁で触れるか[22]」である。

『天窓の様子』で何度か「縁」が言われるのは、それが「触れ」ようとしていることの表れと考えても行き過ぎの解釈ではあるまい。だが、それと同じほど、断片間の間隙、空白が強調される結果となっているのも忘れてならない。

縁に。縁のニュアンスと裂け目なしで。縁から迸る光の中で。我々の前に傷ついた広がり。
Sur le bord. Sans les nuances et les déchirures du bord. Dans la lumière qui fuse du bord. L'étendue blessée devant nous.

（142 頁）

この「我々 nous」とは誰で、この「傷ついた広がり étendue bléssée」を今やどう受け止めればよいのか？　読む者の心に触れようとするその感情は、何かの始まりを予感させるが、それはあくまでも予感に過ぎず、未分化の、未完の状態にとどまるだろう。

5

思想的な背景に注意したため、今まであまり検討できなかったこの詩集の感覚世界の重要モチーフをいくつか取り上げることで、終わりのない断片の詩学にとりあえずの終わりを与えたい。まずは、何度か言及した「糸」、つまり断片間ないし過去と未来を繋ぎうる糸のモチーフである。『天窓の様子』に数年先立つ「ある物語 Un récit」で、それは無名の織工の手作業として登場する。

織機が一台離れてその脆い編み物をつくり続ける
横糸と縦糸の粘る中で、子供っぽいシルエットが現れ、消え、再び現れる……

それは再び、「ぼく」の今現在を形づくる、過去とのつながりを、そしてもはやシルエットならぬ自分の本当の姿を取り戻そうという試みだろうか。アレマンがリヴァロルを引用して言うように、織工の手の動き、そのポイエーシス（創作活動）は、無と存在、過去と未来を、糸の動きによって作り出していく。既に暗示したが、多分『天窓の様子』の見えない脈絡を構成している一つの連鎖は、糸、針、指のモチーフでもあり、それが複数の局面を密かに織りなす、あるいは縁取っていく。

君の手縫い作業——北に向かう針、南に向かう針、心臓に向かう針……　針を貫くより細い針——貫き
暴かれた苦痛、裸の明るさ。

Tes travaux de couture : une aiguille vers le nord, une aiguille vers le sud, une aiguille vers le cœur... Une aiguille plus fine pénétrant l'aiguille : douleur percée à jour, clarté nue.　（137頁）

針は方角を示す針にもなる。この詩集で「北」は何度か現れるが、デュパンにとってそれは絶対的な遠方を示しているという。この針は行き先を見失った「ぼく」にふさわしく、新たな未来への指針となると同時に、ここでは反転し自分に、中心＝心臓（cœur）に向かう針でもある（155頁参照）。もはや縫い、示すだけでなく、何より刺し、痛みを与える針である。針を貫く針、というのは、痛みにより鋭い痛みを重ねるというデュパンの面目躍如たる言葉を尖らす作業であり、同じ勢いで表現された「貫（き暴）かれた douleur percée à jour」苦痛とは、一つの動詞（percer）の二つの意味（貫く、晒す）を生かした表現である。もう一つ、同じモチーフの断片を取ってみよう。

座っている老女一人、その力の全ては、赤い毛糸たった一本に集中する……　彼女は単に、**無限に**、鎖編みを合わせる……　その灰色の指骨の関節の。強烈さを**聞いて**……

Une vieille sur son séant, toutes ses forces regroupées en un seul fil, de laine rouge... Elle ajuste le point de crochet, *à l'infini*, simplement. Du nœud de ses phalanges grises. *À l'écoute* de l'intensité...　（159頁）

この紡ぐイメージがなぜこれほどこの詩集で重要になったのか。そういえば、優れた画家達が取り上げてきた紡ぐ女のイメージ——フェルメールの「紡ぐ女」のように一心不乱な姿、あるいはクールベの、紡ぐ最中に寝入った女など——を見たとき我々が思うのは、その忘我の境地、無限に呑み込まれたような姿である。彼女たちは、自分の細心の注意の強烈な沈黙でもなければ、何を聞いているのだろうか。そしてこの詩集で「聞く」が繰り返されるのはなぜだろう？　聞いているのは沈黙か、音楽か、あるいは声とそれが語る物語なのか？

そして糸（fil）はその記号表現（シニフィアン）の遊びで横顔（profil——それは二度出てくるが、ちょうど未完の素描を思わせる語となっている）、刃先（fil de la lame）にもつながる。その線の、切っ先の細さが想像でつながる。

刃が研がれる（s'affile la lame）につれ、聴き取り、書き取りが始まる……

Comme s'affile la lame, commence l'écoute, la dictée…

（169頁）

注意を研ぎすませ（耳をすませ）、それと同時に書く――糸が現在、過去、未来をつないだように、刃も結局は詩のエクリチュールのモチーフにつながっていく。

目覚めた文それぞれに忍び込むこの深い眠りの刃。

Cette lame de sommeil profond qui se glisse dans chaque phrase éveillée.（162頁）

意識して書かれるはずの文に入り込む眠り。話者の「ぼく」の撤退が、さし込まれる刃に重なり合う。ここにも失神の瞬間がある。

次に傷のモチーフである。刃はもちろん傷を開くイメージに結びつく。既に見た、口を開けた抜け殻や、あるいは次のように割れる無花果（イチジク）の傷がある。

エクリチュールが数々の香りで満たされ分解される。光が開かれる、熟した無花果（イチジク）のように、黒い傷跡のように……

L'écriture se gorge des parfums qui la décomposent. La lumière s'ouvre, comme une figue mûre, une plaie noire…　　　　　　　　　　　　　　　　　　　　　　　　　　（150頁）

最初に述べたが、傷はまた、この詩集においても様々な形で繰り返される。切り傷（168頁）、噛み傷（156頁）、傷跡と瘢痕（153頁）、そして、刃だけでなく、他にも傷を付け、痛みを与える数々の尖ったもの――木片（141頁）や鉄の楔（140頁）、あるいはランボーを思わせる「茨」（157頁）等――の喚起がある。デュパンの詩に昔から見られる傷の刻印の主題についてここで詳述はできないが、それはこの詩集の言葉――「ずたずた（ぎざぎざ）のエクリチュール」（163頁）――が、切り刻まれた断片の言葉であり、書くことが切ることでもあり、まるで書くと同時に、自分にも、人にも鋭い苦しみを与えずにはいないかのようである。切り傷が喚起される直前に次のような奇妙な断片がある。

バジルは傷に効く植物。バジルはまた落ちぶれた王子、靄と的がないため不治の幽霊でもある。ぼくの口の周りでぎざぎざの香りの、バジルは爬虫類……

Le basilic est une plante vulnéraire. Le basilic est aussi un prince déçu, un fantôme inguérissable par manque de brouillard et de cible. Arôme dentelé autour de ma bouche, le basilic est un reptile…（168頁）

これは一見唐突かつ支離滅裂な感じがするが、明らかに、傷を巡る主題と結びついている（そして我々が時として出くわすこの香りをどう理解すべきだろう？　明らかにそれは傷と無縁ではない。165頁では、言葉が消えた後の痕跡と香りとして現れる）。

デュパンによれば、このバジルを巡る記述は、フランス語の大きな辞書からヒントを得たものだという。言葉を巡る隠された知と歴史を内蔵する辞書と詩人との関係は言うまでもなく深い。フランス近現代においてはマラルメやポンジュの例が有名だが、エミリー・ディキンスンやツェランもいわば辞書の詩人であり、時に辞書を引いて語源的な知を探っていたという。おそらくそれは、ハイデガーも言ったように、言葉がかつて持っていた命名力――前述の「エポス」に比較可能である――を探ろうとする試みではないだろうか。ただしデュパンは必ずしも頻繁に辞書から着想を得る詩人ではなかった。ここでは、いわば言葉を一時失った詩人が再び書き始めるべく、いわば再び意味の縁を尖らせるべく、辞書に言葉の材料を求め、その多義性に想いを巡らす過程を思わせるのである。

そしてそれは言葉の意味だけでなく、場合によっては綴りや文字すら確認する作業になり得るだろう――この詩集で「文字」が繰り返されることに（148, 165頁）、この文脈との関わりを見いだすことができるだろうか。折よくも我々は次のような断片を目にするが、そこは翻訳不可能な言葉遊びを秘めている。

生まれる。燧石に過ぎないでいる。文字の刃の煌めき。存在の輝き。

<u>Naître</u>. <u>N'être</u> que silex. Scintillement du tranchant de la <u>lettre</u>. Éclat de <u>l'être</u>.

（166頁。下線は本稿筆者による）

我々が下線で強調した連続する語の違いは実のところ耳で聞いただけではわからず、目で文字を確認しない限り意味をなさない。ここで「生まれる」と書く隠れた「ぼく」は、再び幼児に戻り、あたかも紙面に書かれたもの（グラフィ）に過ぎない文字（lettre）に「存在 être」が移って新たな意味がテキスト上で生まれることに驚いているかのようだ。母音字一文字（e）の省略の有無で二重化する現実——それこそ「あり得ないもの、そして、消せないもの L'impossible et l'ineffaçable」（162頁）——に我々は気づかされる。[23]

ここでは自分を語ろう、伝えようとする自‐伝の行為が、再び刃——ここではその煌めきが火打石の閃光と交わり、一瞬の空白状態を招くだろう——を伴っている。「灰の中の記号数々の煌めきに注意」する詩人は（150頁）、あたかも焼け跡の中、再び激しい閃きを待っているのだろうか。その閃きこそが、話者の「ぼく」を不在にする空白を生む。今の繰り返される母音字省略だが、このような、単語中の音や形態の部分的な消失のことを言語学で「語中音消失 syncope」と言う。この言葉の通常の（医学的な）意味は失神である。「言葉のそれぞれが発される瞬間に消える」かのような、次の語までの休止の瞬間、息をのむ瞬間もそのことを指すことになる。意味深いことに、ルイ・マランが自伝的なテキストの草稿における"syncope（失神＝消失）"の症候を強調している。マランによればその症候は、断片化された自分の生を繋ぎ合わせたいという主体が経験する中断と再統合、亀裂と再開――あるいは既出の表現を使うなら「非連続の持続」――のしるしである。[24] その場合、刃と糸のモチーフの交代は、正に断つことと結ぶことの象徴であるだろう。さらに言えば、この"syncope"には音楽でいうシンコペーションの意味もある。確かにこの詩集には何度か「音楽」への言及がある。「そのいい亀裂によって音楽的な言明」（傍点は本稿筆者）（145頁）の他、象徴的なのは、「ヴォカリーズ」――母音が伸び、消えていくだけで子音に分解されることのない声楽――である（それは冒頭の「叫びの協奏」の裏返しのようでもある）。あるいは次のような断片がある。

傷ついた、草と数を、音楽が支配する。木々は見捨てられている。君の腿が長々と消える。ぼくの眠りの中。木々の下。

Des herbes et des nombres, blessés, la musique s'empare. Les arbres sont à l'abandon. Ta cuisse s'éteint longuement. Dans mon sommeil. Sous les arbres.

（160頁）

音楽は元来数と調和に基づいたものである。ここではしかし、見捨てられた廃墟に生える草の上、かつてのメロディの残骸のような音楽が「非人間的な短い調和」(145頁)の中流れているように思われる。「ぼくの眠り」と言う休止の中で。

ぼくの足元に水のない川の床。ぼくの皺の中に、ハーモニカ。ぼくは眠る、酔っ払いのしゃっくりをしながら、数々の窓の無限の中で。

À mes pieds le lit sans eau d'une rivière. Dans mes rides, un harmonica. Je dors, avec le hoquet de l'ivrogne, dans l'infini des fenêtres.

(137頁)

この詩集では水、湿気、流れがよく喚起されるが、ここで川は枯渇している。年をとり、酔った自分のひからびた皺と子供のたどたどしいハーモニカの対比。調子外れの音楽が窓を通して聞こえたとすれば(130頁)、それは幼年期の記憶だろうか——「ぼく」は眠り、思い出のかけらが浮上する。そして音楽と関わりなく何度か喚起される数、あるいは数字とは何を意味するだろう。我々は、数になり、眠る「彼女」すら見つける（169頁）。

あるいは罌粟の花梗に結ばれる。まるで逆に、深み……　三、そして二。骰子の同じ面の上に。投げられた骰子の。七度ほど。戻ってきた骰子の……

Ou se lier au pédoncule du pavot. Comme inversement, l'abîme... Trois, et deux. Sur la même face du dé. Du dé lancé. Sept fois. Du dé revenu...（140頁）

罌粟――我々はツェランの初期詩集の題、『罌粟と記憶』を思い出す――とは忘却のシンボルであり（この指摘はＨ・ヴァインリッヒの『レテ』による）、そして中空に投じられる骰子はマラルメを思わせる。まるで「ぼく」は忘却へ、麻痺状態へと沈む前に、今度は文字ではなく、数字にしがみつく。引き続き次の断片を読んでみよう。

彼は源まで木々を数える。その吃りは葉の山を軽くする……
子供一人。迷い、救われた子供一人。海の底を削る、軽い体……

Il compte les arbres jusqu'à la source. Son balbutiement allège la jonchée de feuilles...
Un enfant. Un enfant perdu, sauvé... Un corps léger, raclant le fond de la mer...

（153頁）

ここで、数え吃る「彼」と、迷い救われる「子供」に、我々はおそらく具体的な名前をあてがうことができる。「彼」は、幼少時のデュパンが家事の手伝いとして毎日顔を合わせていた精神病患者のシャルピュルラ、子供は従って詩人本人である。[25] ちょうどデュパンの「シャルピュルラ」と題された一九七〇年代の詩篇に「彼は数え、歩く」とあったことが強力な手がかりとなる。強迫神経症の患者が、ひたすら数えることにより、ばらばらになろうとする自分をまとめ、確かめようとする。自分を呑み込みそうな闇から必死に浮き上がろうとするその姿を我々は思わずにはいられない。いわば記憶の「源」まで木を数える「彼」と「子供」と共に、我々は再び幼少期の思い出に引き戻される。

ぼくは戸を破る。聞く。楽弓を引っ張る――戸の前に雪のように寄せ集められた幼年期が消えるまで
……

J'enfonce la porte. Je suis à l'écoute. Je tire sur l'archet : jusqu'à la disparition de cette enfance amassée
comme neige devant la porte...

（167頁）

再び耳をそばだてる「ぼく」。白い純粋な雪に対する喜びは、言うまでもなく幼年期を思い起こさせるが、それはもちろんのこと、洋の東西を問わず詩人が古来謳ってきたものである(芭蕉の「雪丸げ」の句等)。デュパンに近い例では、シャールの「雪よ、子供の気まぐれよ」(「公正なる敵対者」)等が挙げられるだろう。ここで我々が比べてみたいのは、アンドレ・デュブーシェがフランス語に訳し、後日自分の散文詩集の題にもしたツェランの「語の周りに雪が集まっていく」(「変わる鍵で」)という言葉である。あたかもそこには、語の周りの余白に、言葉にならない感情と記憶が積もり、そして静かに消えていくかのようなイメージがある。それがゆっくりと高まる瞬間が、デュパンの詩では、楽弓の湾曲が最大限の緊張に向けてしぼられる動きに重なるだろう。この弓のイメージ――放たれるのは「空虚の矢」(132頁)だろうか――は、かつてヘルダーリンが双曲線の描く動きにもなぞらえた「生地への回帰 Vaterländischen Umkehr」を思わせる。同じくデュブーシェの訳で同時代のフランスの詩人たちが読んだヘルダーリンの「素晴らしい青で In lieblicher Bläue」において、その動きは「彗星」として登場する。

ぼくは彗星になりたいのだろうか? そう思う。彗星は鳥のように速く火の中に花開き、純粋な子供のようだから。

Möcht' ich ein Komet seyn? Ich glaube. Denn sie haben Schnelligkeit der Vögel; sie blühen an Feuer, und sind wie Kinder an Reinheit.(26)

意義深いことに、彗星はランボーの「幼年期V」にも出てくるモチーフである（いみじくもマラルメはランボーを「彗星の煌めき」にたとえた）。『天窓の様子』に「彗星」はないが、既に見たように落ちる「流れ星」、そして「隕石」もある（138頁）。宇宙の塵埃が光を発しながら流れていくものだとすれば、それは正にデュパンらしいモチーフと言えるだろう（例えば五行詩の「イニシアル」を思い出そう）。だが彗星と異なり、流星に帰り道はない。仮に流れ星がお伽噺のような星の行程を想像させるなら、そこで同様に考えられるのは――

旅人の物語。あるいは鴎の。［……］そこから残るのは波の動きと、段丘の連なりだけ……　そして空に対する星々の瞬きだけ。

Récit du voyageur. Ou de la mouette. [...] Dont ne subsistent que le mouvement des vagues, et l'étagement des terrasses... et le battement des étoiles contre le ciel.

（134頁）

残ったのは水の動きと、その長い浸食作用による崖や急斜面――同じくデュパンらしいモチーフ[27]――と星の点滅である。つまり、断片の詩に最後まで表現が託されているのは、ノヴァーリスにとってのような根源の自然が膨大な時間と共になせる技、そしてこの瞬時の閃きである。それは、廃墟の中の、あるいは「灰の中での記号の煌めき」であり、形を変えてもやはりロマン派のウィット（Witz）を思わせるだろう。夜闇の中の一瞬の煌めき[28]、一瞬の失神。そのとき「沈黙の支配者 le maître du silence」の詩人はおそらくは今もなお「言葉の錬金術師」になり得る――ちょうど次の詩で、荒れ地の夜、植物の絶対の無言の呼吸を背景に、彼に再び霊感が訪れるように。

夜ヒースの呼吸。暗くなった全ての物。止められた息。ある夜。一瞬。その間ぼくは事物の謎の支配者……

La respiration des bruyères la nuit. Toutes choses obscurcies. Le souffle suspendu. Une nuit. Un instant.
Durant lequel je suis le maître de l'obscurité des choses...

（172頁）

補遺

ジャック・デュパン詩集

初期詩篇より

登る

エジプト女

君が沈むところ、深みはもうない。
ぼくの踵の下砂漠で種が一つはじけるには
葦一本の中君の息を運ぶだけでよかった。
全ては一挙に訪れ、それから何も残らない。
ぼくの扉の上の
死化粧師の焼けた手の印だけ。

つましい道

それは静けさ、つましい道、
もはや名のない不幸。
それはえぐられたぼくの渇き——
魔術、無邪気。

ぼくを追え、ぼくに続け、
でも無数で、そっくりの、
そのままのぼくを。
ぼくはもう星々、

もう石ころ、急流……

見える一歩毎が
失われた世界、
燃やされた木。
盲目の一歩毎が
ぼくらの涙越しに、
裂けた空気の中、
町を建て直す。

もし神の不在を、その煙を、
この水晶のかけらが全て含むなら、
君は逃げねばならない、
だが数と類似の中へと、
大雑把な深みの上に
張られた白いエクリチュールよ。

もし言葉の弾が
思った時君に当たれば、
君は形を取る、
募る雷雨となって、
ぼくの消えた場所に。

そして言葉にし得ない器楽的なものが
儚い火のように
消滅した二重の体から昇る
軽い夜
あるいはこの別の愛を通じて。

それは静けさ、つましい道、
もはや名のない不幸。
それはえぐられたぼくの渇き――
魔術、無邪気。

渇き

ぼくは呼ぶ、石の数々が地から剥がれる中で
地滑りと（その明るさの中で君は裸）
本の分解を。

ぼくは眠る、君の刑罰に欠ける血が
我が敵の山の香り、金雀枝（エニシダ）、急流と
闘えるように。

ぼくは絶え間なく歩く。

ぼくは歩く、純粋な何かを変えるため、
拳に止まったこの盲目の鳥を、
あるいは石の飛ぶ距離で
垣間見られたこの明る過ぎる顔を。
ぼくは書く、自分の黄金を埋めるため、
君の目を閉じるため。

囚人

下手に抱きしめられた地、干からびた地よ、
ぼくは君と分かち合う、甕の凍った水と
鉄格子の空気とぼろベッドを。
蜂起した歌だけが
まだ君の麦束で重くなる、
己に鎌をふるう歌。

壁の裂け目一つから
たった一本の枝の露が

生きた空間の全てを返してくれよう、
星々よ、
もしあなた方が向こうで引っ張ってくれるなら。

イニシアル

風の中の細かく乾いた埃よ、
ぼくは君を呼ぶ、ぼくは君の一部。
埃よ、忠実に
君の顔がぼくの顔であることを、
風の中の探り得ぬ顔であることを。

ぼくはこの燃える、麻痺した
炉の床板にへばりつく……
ぼくは君の子供を波に返す。
ぼくは海に背を向ける。

同じぐらい敵意に満ちた
喧騒と沈黙に勝り、

荒削りだが攻撃する言葉が

不意に蜂起して
夢想の
密な飛翔が暗くした空気を穿つ。
詩の難解さの吃水が
消された道を立て直す。

開口部

森の中の池

どこにもない、あるいは君の頬に、とても高くに、
光が……　壁を剥ぎ、夢想を溶かす前に周りを
うろつく、切れ切れの、同じ光……　森の中の池——幼年期、

それは沈められ、土手で不意に引き上げられ、
逆光できらめく枝のよう。
ぼくがそれにもう声を出させるのは
その湖畔の町を、その酸性の花弁を泥に戻すため……

ここでは、全てがぼくに、省略の源の一つのぼくに背き、
確かなものは何も、言葉の鑢屑の間に、その分身を
放たずには描かれない。そしてそれを破壊せずには……
それは、同じ綿密な興奮で崩れ落ちる、
その騒めきが二つ目の想起の源を隠す中、
鳥の歌のように。

万里の長城が
泥しぶきを受けたままの

この既に暗い幼年期に
靄の前掛けを投げかける
散らばった未来からの言葉、後退沖積土。

天窓の様子

私は自分を死んだ人間と見なしたとき
ようやく生き始めたと言うことができる。
——ジャン＝ジャック・ルソー

糸一本から空間へ。果てしなく。開かれた夜の生地を風化させずに。**彼らの**協奏する叫びを中断せずに。

ある午後の夢。屋根裏部屋へゆっくり流れ込む雲。そして自己保存の本能、ロープの上で引きつったぼくの指。

揺らめき、むき出しで……　まるで彼が迷うのにもはやある名前を必要としなかったかのように。
彼は光が辛抱強く追い付くのを聞く。光が、辛抱強く、彼を許すのを。

鉄の橋の上で動かない、君。もう一つの物語を眺めて。ぼくの眼で眺めて。**動かないで**。動かない
時間を眺めて。

ぼくは通りで盲人の笑いとすれ違った。雲、断崖、海――**彼の胸に押し付けられて**。音楽が窓の数々の中で始まる……

……そして子供っぽいチェスボードの上で後退して。主体の不在が皆の眠りを引き裂く。陣地を失う。飛ぶ鳥を射つ。

扉の下光線が一本、そして言語を研ぐこの長く独占的な爬虫類の詐欺。扉を通し、夜の上昇を前に……

タイルの薔薇の上、水浸しの床雑巾。そしてガラスにぶつかる四十雀の嘴。分身の考えが腕の弱さを補う時。

君の侍女達……　血の染みたその服。全員、もっと遠くに行き……　ぼく達の中のこの空虚の矢よりも。君は彼女達の取り違えに驚く。

支えのない水。途絶えざる物語。王国のような、野生の花。

何も言わない、何も黙らない。それを書く。落ちる。流れ星のように。夜がどのように裂けるかを
忘れるたった一人でいる……

隣り合う、音楽的な部屋の中で……　色の数々が冷たくなる。君の両手首が回る。ぼく達を隔てる
この力を分散させずに。

旅行者の語。あるいは鴎の。寺を建て。海を取り消し……
残るのは波の動きと、段丘の連なりだけ……　そして空に対する星々の瞬きだけ。

まるでぼくが生まれていなかったかのように書く。かつての言葉――崩れ落ち、露にされ、淵に吸い込まれ。**言葉なしで書く**、まるでぼくが生まれつつあるかのように。

ぼくは君の牢獄に忍び込む。ベラドンナが揺れ動くように。開かれたぼくの眼の中で毒の全てを搾り。君の気晴らし、君の深さのため……

より低く、水の音が、澄んだ瓦礫を押し流す……

空の真ん中で、動かない、猛禽類のつがい。ぼくは眠る。ぼくは生きている。襲いかかる準備ができている。空の真ん中か、縁から。雲なしで、吐き気なしで。

北斜面。割れ目のこだま。我々の膝まで影の回転。戻ってきた雉鳩。

君の手縫い作業――北に向かう針、南に向かう針、心臓に向かう針……　針を貫くより細い針――
貫き暴かれた苦痛、裸の明るさ。

ぼくの足元に水のない川の床。ぼくの皺の中に、ハーモニカ。ぼくは眠る、酔っ払いのしゃっくりをしながら、数々の窓の無限の中で。

光のしおり、広げられた指、塗り直された仕切り——死ぬ前に。不可能な死の木の節にたどり着く前に。卵、あるいは隕石が、砂の中、声の中……

引き裂かれた本、口を開けた抜け殻。血の中で研がれた源。そして君の舌の水がなくなる砂の中、長い仕事、太陽の限りない一日……

速い雲が納屋から雷鳴をどけた。それはなくなっていた。ぼくはその力、その集結のしるし。

背を向けて。寒い朝を行き。暗い髪の上に、結ばれた、明るい絹のフィシュ。行き……　空を開くつまずきから……

あるいは罌粟の花梗に結ばれる。まるで逆に、深み……　三、そして二。骰子の同じ面の上に。投げられた骰子の。七度ほど。戻ってきた骰子の……

ぼくは鉄の楔を突き刺す、君の肩——切り立った岩、傭兵の苦痛——の間に。アーモンドの木々が花で覆われる……

今ぼくはメガホンなしで話す。胸に峡谷なしで。心臓の中に木片なしで。ぼくは呼吸するように話す。ぼくは石のように呼吸する。

ぼくは彼女のため先史時代のカメレオンの鱗、巨大な青い眼をしていた。没入前の明晰さ。

縁に。縁のニュアンスと裂け目なしで。縁から迸る光の中で。我々の前に傷ついた広がり。

消えたエクリチュールを描いて。一本の糸で光となった擦筆画。その亀裂によって音楽的な言明。
他者から自分への行き来、その消滅を育み。

空虚と水。ぼくがまだ生きなければならないものを締めつける河の厚み。どちらも、無限に、破壊し合い。一筋の光の湿気の周りで輪を描く罠の収斂。

天井に切り抜かれた夜の空の菱形を通じ。ぼくは羽毛のように夢見る。ナイフの長い失望が地面を固定する。

ひび割れた粘土、血膿、身震い、潰された眼、腐った血、激しい恐怖、そこから何度か間遠に熱雷が迸る……

空虚の上の杏茸(アンズタケ)。凍った心臓の向こうの五点形のエクリチュール。大地が声の皮を剥ぐ。

君の横顔にうかがえる、もう一人。刃先で至高。非人間的な短い調和によってしか、ぼくはその分離を把握しない。

我々なしでは眩暈は黒に値する。君の踊りとぼくのヴォカリーズを凍らせる黒。君、黒。

ぼくは完全には戻っていない。君の恐れから遠く、ナイフの息と青をかき立てる腕の限りない仕草で。

街の中。ある街。別の。明るい街。靄に、海に巻き付いて。
それをつかむ、再開する。破壊する。
始める。君は最初に来る人だろう。ぼくは最も高く死ぬ者だろう。
震える、伝説の街……

水が流れ、ぼくは眠り込む。死の中で繰り返される我々の侵入。そしてゆっくりの一口――太陽の中の亀裂の……

最新の闘いで体をほぐされ、へとへとにされ。何人かが地中に潜る。他の何人かが空虚へ飛び込む。一人だけ照り返しの砕けた小川をゆっくり上る。

君の体の各文字の上へわずかな一押し。植物の呼吸、夜。もはや揺れ動く線ではなく、クレーターの環となった地平線。

稲妻が食卓をしつらえる。言語の野蛮さを整える。信じ易い、凍った体を引っ張る。

空気は宗教的ではなく、芯のようによじられ、闇で溢れる肺の中の空気の熱。空気は神聖、足のように、笑いのように……　盲目の旅人の二股に分かれた足のように、麻薬中毒者の笑いのように。道を切り開く笑い……

それ以上**掘れなかった**もの。こんな夜の下。白い地面の虜。露の集中の。もうそれ以上書けなかったもの……　縁の上の色の湿気。

この忘却の中──石のように死を温め、草の中のこの身震いに注意し──石のように、──水の匂いの近さに、──夥しい灰の中の記号数々の煌めきに注意し……

突然沈み──ある種のいかがわしい神聖さの中に。空っぽの、塞がれた窓。死んだ空。

エクリチュールが数々の香りで満たされ分解される。光が開かれる、熟した無花果(イチジク)のように、黒い傷跡のように……

人が我々の来るのを聞かないように。ぼくはもう一つの声と歩く。青い声、青い筋が入った声。移牧に影響された声。その獲物の消滅に。面梟（メンフクロウ）の、盲人の、盲目の大地の声。

北が揺れ動く。荒んだ足取りが揺れ動く。眼と腕の逆の仕事。**帰り**の、線の数々の生地の下。針によると明るい夜……

彼女は眠る。立って。鉄の橋の上。貨車の轟音の中。高い足、海のように……

死んでいても、ずっと聞いている。非人間でいる。声の外で。栗のいがのように。雛罌粟(ヒナゲシ)の炎……

鋤と舳先による傷跡、肉体の中の車輪の痕跡……　ぼくはこの踊る泥の高まりが前どうで後どうなるか知らない……　ぼくの暗い眼は君の明るい眼を見つめる。

彼は源まで木々を数える。その吃りは葉の山を軽くする……
子供一人。迷い、救われた子供一人。海の底を削る、軽い体……

君は眠り込む。君の手は黒い葉を皺だらけにする。君の爪が光る。君の名前が消える……　ぼくの敵対する二つの手が、眠る前、黒い土をこねる。

ある横顔、そして物語の不在。ぼくは死なない。ぼくはもう描かない。ぼくはある顔を聞いて線を細かく千切る。上弦の月の尖鋭。

立てられた石、強いられた歩み。彼は、空に向かうある体の、別の体のこの動かない投石の刑を通じてほど自由に呼吸したことはない。

君の、そして誰のでもない、縁と心臓をぼくは知らない。まるで突っ立った瀕死の人のように……

石塀の乾いた石が拍子を取る中で空隙の優しさ。葉の下の無花果(イチジク)の重さ、光。そしてその前で、砕かれた、酔いつぶれたぼくの指……

さまよう君の体の上に猿の歯の跡。緑の跡、曖昧な苦痛。ぼくは沈み込む、氷河のように、太陽の中へ……

死は不安定にしか存在しない。息の中。それから、**わずか数歩の所で**、数々の遠方の切れ込み、海の連続の中の波の影が生じる……

強情な茨の芽生え。峡谷の底の裸体。熱気の中でホックが外れたいくつかの言葉。揺れる夜。夏の夜。君はそのむしり取られた心臓、いない女、総裁……

帰りの小道でびっこを引き、煌めき。彼。他人。他者。認められ、見つめられた死の緊張緩和の中で……　断層の線すれすれで、張り付いて。言語の黙と失望の戯れによって。あおられた、息の残骸の下で……

雲が我々を引き留める頂上の向こうで部屋を横切る。雲に委ねられた部屋……　海に任された雲……

座っている老女一人、その力の全ては、赤い毛糸たった一本に集中する……　彼女は単に、**無限に**、鎖編みを合わせる……　その灰色の指骨の関節の。強烈さを**聞いて**……

山の小道、単純、裸……　空の色が染み込んで。消えた小道。消された……　数々の炎を通じて書かれ。数々の馬の崇高な恐怖を惑乱させ……

君の項が押しつぶす枕の中で風が吹く。ぼくを追放する同じ風。君を差し引く光。我々の口が泥で満たされる。

傷ついた、草と数を、音楽が支配する。木々は見捨てられている。君の腿が長々と消える。ぼくの眠りの中。木々の下。

石を、ぼくの誕生の玄武岩を、——反抗のオルガンを打ち。無邪気に打ち。無闇に。光に石を投げ……
ぼくには眠るための力しかない。槌の打撃とぼくの石のこめかみの間で眠る力しか。

血まみれの鼠。掻き出す空虚の叫び。

空気の深い層の中いくつかの炉の痕跡。あり得ない、消せないもの——現実。ぼくの恐怖は顔を出す岩の上に刻まれる……

目覚めた文それぞれに忍び込むこの深い眠りの刃。太陽の表面上の腐植土の厚み。

苦しんで。既にもうほとんど苦しまないで……　ぼくは書く、失望した死の、最も、ほとんど、既に、を。ぼくは書く、砕かれた光線の、**子供の**、無限の過去形で。開かれた光の……

風で繋がれた古い潅木林。傷つきやすい古い岩。最近、桑とラヴェンダー……　昔、玄武岩の柱の列。裸のテーブル、今朝、ぎざぎざのエクリチュール……

逆光の中。光の中。同時に、隠遁し放浪するエクリチュール。その不動性、その板状の哀願を絶えず移動させる。毎夜盲目で、常に生まれつつある……

干潮。解かれた君の膝。流された木のような、君の体。傷つき、上る、君の声。空気の白熱の塩の結晶によって。

何も運ばない。古い槽のわずかな水でもなければ。縁石の砕けた槽の。
君の名前の文字を日に晒す。太陽の読みにくさ……

言葉のそれぞれが発される瞬間に消えるのに値する。迸り蒸発するのに。その香りと痕跡の広がる
中、その調和の乱れる中……

生まれる。燧石に過ぎないでいる。文字の刃の煌めき。存在の輝き。耕地の湿った表面で。

稲妻で。見せかけの稲妻で。ぼくは君を見失ってしまった。まるで君の刑罰——そしてその爆発から等距離にある物語のよう……　紙の、声の、縁のない物語……

ぼくは戸を破る。ぼくは聞く。ぼくは楽弓を引っ張る——戸の前に雪のように寄せ集められた幼年期が消えるまで……

言葉の欠如、負の節の結び目…… その喪失の震えの中、その増水の震えの中の、小川の流れ、急流……

バジルは傷に効く植物。バジルはまた落ちぶれた王子、靄と的がないため不治の幽霊でもある。ぼくの口の周りでぎざぎざの香りの、バジルは爬虫類……

空虚のスペクトルへの色の滑走。死の篩による、エクリチュールの滑走。ぼくの足の厚みの中の、切り傷の数々。ぼくは君達を聞く、そして歩く……

ぼくは一人だった。眼は活動していた。彼女は数だった。眠って。数、そして怪物。**眠って**。彼女は線、渇き、狂った草。彼女は寡婦、そして稲妻、未来の雷雨の……

刃が研がれるにつれ、聴き取り、書き取りが始まる……　数滴の血のしずく、そして犬と狼の間のこの空虚の伸張……

星々のぼくについて来る困難。それらを屈折させる体の歓喜。

君を抱きしめ、割り、――崇める水の連なり。その液状の組み継ぎの抱擁の中でぼくを締めつける。
そして息を、声を溺れさせる。その煌めき、その占いの下で。その流れ……

沈黙を砕かずに書く。引っ込む場所の侵犯として、書く――テキストの円積、包囲を解かれた顔、
ない場所……空虚の貪欲さ、静けさに、――その餌食が驚く……

地と空。そして恐れ、地平線。それらの共犯と臨終。眼の底を肥やし。そしてそれらの戦争を、夜の配当金を肥やし。

人がぼくの眼を潰す。日。ぼくは、この不自由さの中、**日**と書いて、自分を晒す。接触できず、無為で。同じ数の獣、頭、太陽のように。**日**の否認によってひどく荒削りされ。

君の乳房の間で何と明るい債務が揺れることか……　窓ガラスを打つ星の音に伴い、否定し……ぼくの唇の上で色を砕き……　声の中に夜の血管を開き……

何も……　草を立て。草の中にその跡を引き立て……

夜ヒースの呼吸。暗くなった全ての物。止められた息。ある夜。一瞬。その間ぼくは事物の謎を思いのままに……

死の浸透の経験。岩の裂け目からの漏出……
溶岩の下に、菫(スミレ)、片言。
水の底に、君の顔から草を除く、言葉……

抉られて

斜角面[1]

「君しかいない」、風が唸る。「まだだ」、風が唸る。そしてぼくは起き上がる、灰色で、砕かれて

……

風が吹く　。風がこの激しい穂の粒を突き抜ける、夜明け前——動かない穂、それは空間に逆らう凍えた拳、自分に取り憑き、かき立て——

そして壁に頭をぶつける狂気の発作を、記号の散乱を、体の離脱を前提とする分散力に逆らう拳……

暗い体、ロープで結ばれ、自制し、灰色の地に対して細まる二重のシルエット、極度に消耗する風によって砕かれた体……

暗い体、それは淵に輪を嵌めに戻る——それからはどのページもより明るい、明るくて鈍い、不協和音の中で露になる言葉と果実よりも……

それは発汗する、それは水の劇場を流す——あたかも約束の、密かな、失われた地で——立ち上がりそれを満たす引き裂かれた欲望、泥の燃え盛る黄土の中に刻印された灰色の文字……

それは太陽の嵐の中で身じろぎを始める、自分の破棄された物語の、揺さぶられ、あるいは動こうとしないこちら側で……

新たに障壁を除かれた苦痛、未来の言葉の堰の撤廃——もし体が最初に来れば、夜明けの始まりの点がそうであるように、

光の中で切り離され、あらゆる像に先んじた最初の優しさ、亀裂の端ではじけ、数々の断片の上を流れる忘却によって　。イメージを越えて　。遠くを書き　。口を通り過ぎる線を研ぎ——口の引きつった動きを……

競争の震動と慌ただしさの中で、上昇する酔い、苛立つ言語の恐怖、飛節を刈り込む空虚に向かうサラブレッド……

あるいは充実、無為、
　　　　　限られ、隙だらけの塊の数々、そこではフーガが、そこでは息が文字と線
を嵌め込む

書くとは、ここで、この地点で、この近づく夜明けの渦の中で、開かれた災厄の中に入り、再び
無傷で現われる最後の手段――顔もなく名もなく

息と、中断しかないだろう……　枝の間への逃走、春の騎行、戯言を増幅する山……

風が静まる……　君しかいない、音楽的な石の堆積、不可解な数々の物語の錯綜

それは道を単純にし、色に触れ、声を明るくする、時間が露な部屋の中で

夜中の笑いのような、夜明け前の嘶き——その螺旋は分断され、そして神格化する、その浸透が

太陽の風に逆らい、危険を冒す言葉のかけらの間に実現するほどに……

充実、無為、結氷を貫く菖蒲（アヤメ）、下手に継ぎ合わされた紙と空の塊を離し、鷂（ハイタカ）の飛翔が描く線を放つ菖蒲（アヤメ）

その歓喜と無為が獲物の変性と、はかり知れぬ、軽薄な傷跡の変貌と溶け合う――夜明け前に

……

限られ、隙だらけで、散らばった塊の数々、それらを取り込む――そして、空虚から空虚へ、それらの可動性を、延期をあおる――声の広がりの中――声を追い立てながら認証する深みの刃

声の中に書かれない言葉とは、形を取る視界の濁りに過ぎない、
言語と泥の流れに沿って彫られた形

放心状態の漫歩と、その怒った、紫の、落書きの反復が裸の窓に背を向ける部屋の中で……

空虚の戯れの中に放たれた石――軌道が夜に洗練される流星、その夜ではあらゆる線が鋭利な角、あらゆる縁がぎざぎざの冠毛……

エクリチュールの中で分離する言葉、息の拡張、存在の苦悶する抑揚、夜明け前の肌の震えのため……

それは新鮮な空虚をかき立てる。そして脊椎の破壊と、火の横断の中での指の伸長を早める……

燧石の煌めきに、その急迫に従って、馬の転倒が、夜明け前、色を裂き、色をそれに働きかける苦悩へ近付ける、――幼い学識の震え、死の透かし模様の紙片……

息の苦悶と基盤――息の中の山の可動性――そして下に、世界が、素描され、切り刻まれ、血まみれにされた――熱の擦筆と靄で吹かれた――野原のように……

燧石のかけらの数々、剥き出しに書かれた幼年期、咲いた山査子（サンザシ）の前の胸繋のかすれる音……

急いで消えようとする、その苛まれた優美さ――
それはつきまとう、ぼくの足踏に、ぼくの印付に、
縁の真ん中の
早めのエクリチュールの影に、
長い痕跡と、
篩で、痙攣で、日で許された蹄鉄に……

苛まれた早さで、ある横顔の捕獲、
燧石の一かけら――そして干上がった
迷路の中に書かれた死

時間が露な部屋の中で
流星の旅をもじり
石灰の壁の上に留められた
署名者の不在
そしてこのない角の上で
稲妻の兆しが分岐する……

まだだ　。　君しかいない
塊の、密度の、魅惑の中に、

しわがれて脆いが、山に
中断された、岩と声、
夜明け前の灰色の言葉の
結び目

そして息は理解できない
最後の山であり

まだないものの青
言われていないもの、呼吸されていないもの
夜明けが露な窓の
中で終わるもの……

それは近くからしか帰って来ない、あるいは名のないものからしか――あるいは、爬虫類の道を辿り、帰還と和解し、言語の蘇生とつながるまばゆい遠くからしか……

不毛な水、青い灰、一人の、あるいはもう一人の柳の枝により、跳ねた染み、かご、いや違う、むしろ偏心した火床、排除された椎骨――テーブルの下の液状の光の鉱脈――石の下の黒い水、限られた水、王水、氷河のエクリチュールに無限に依存して……

それは、死ぬことの鎖によってしか帰ってこない——その頂、炎、五の連続、崩壊、白い石、冬の初めの夜より強烈な星の数々は——ページから差し引かれながら、ある馬の狂気の長い視線、死の月経の流れの目印となる……

木片

簡単に言うと、私はあなたの問いに対する答えがない[1]。というか悪い質問に対するひどい答えはない。詩（ポエジー）の性質と意義にそぐわぬ、不適切な質問に対する答えだ。その詩は答えを拒絶するためにしか存在せず、不在でなく、出現しない。そして問いに接近するためにしか。別の問いに接近するためにしか。世界の中の存在と、言語の中の他者に関する問いに。

そして私はあなたの驚き自体に驚く。不在と言うなら、詩は常にそうだった。不在がその場、その住み家、その運命だ。プラトンは詩をその『国家』から追放した。詩は決してそこに戻っていない。

決して市民権を得ていない。詩はその外だ。常に蜂起し、撹乱し、活発な睡眠、好戦的な無為に陥る、それこそが言語と世界の中での全てに逆らった詩の本当の働き、侵犯と創設の働きだ。

詩は外だ、詩は「あらゆる花束から不在の者」[2]だ。とらえ所なく、前面と奥にあり、生まれかけで、数々の炉と極限でかき立てられる燠火の中にあり、問いに答えない、問いかけ、問いをはぐらかし、惹起する、無限に、もっと深く…… それは地の鉱脈に沈み込み、そこから揚力を引き出す。それは言語の柱を揺さぶり、ぐらつかせる。それは空中電気の中を旅し、心臓の、その鼓動の、その背徳の果実の最も近くに位置する……

詩が存在するなら、存在したことがあるなら、それは地下の迷宮から出る必要も、その揮発性の道筋から離れる必要も全くない。自分を示す必要も、代理される必要もない。そのことはご存知だろう、読者のあなた方、読むのを忘れたあなた方、読んでいないものを忘れてしまうのを急ぎがちのあなた方は…… 詩はこのようにされ、このように隠されているから文学のパノラマ、出版のシステム、マスメディアの詮索を逃れる、ちょうど詩の「不在」を懸念する繊細な人達の親切な好奇心を逃れるように。

あなた方は大戦後の詩の栄光に言及しておられる。私の世代にとって、それは陰鬱な時期だった。一方では薔薇と木犀草[3]、夜と団結のため作られたレジスタンスの拍子のパレードと氾濫。だがそれは屋外で虚弱化し、虚ろに響き、息切れしかけていた……そしてもう一方ではシュルレアリスムの疲れ果てた最後の虚飾の衰退、昔の宴の残り物、祭の冷めた松明……遠くから、戦前から、強い個性の人々が靄を突っ切りぽつぽつと名声を得ていた。マキ［山岳のレジスタンス組織］から帰ってきたシャール、ロデーズから帰ってきたアルトー、『内なる遠方』から出現したミショー、自分の「味方」に与したポンジュ。沖合に出た彼等には一握りながら読者がいた。だが眼を開きかけていた我々、書き始めていた我々にとって、一九五〇年代は砂漠だった。我々を迎え入れてくれた雑誌、小さい出版社は稀だった。おそらく、ジャン・パリのアンソロジーだけが、我々をひっそり、暗闇から引きずり出してくれた。「世間的な威光」どころか空っぽの画面だけ、どうにかこうにか、沖に出たジャン・パリのぼろ船での霧中の航海だけだった。

我々には読者がなかった。詩人達は生前ほとんど読者を持たない。彼らは誤解の上にしか、群衆に届き、評判にならない。誤解とは、ヴィクトール・ユーゴーのポピュリズム、伝説と流刑、ヴァレリーの社交的公認の立場、シュルレアリストの挑発とどよめき、レジスタンスの詩人達の政治参加だ……だが詩の働きだけは、言語の本当の開拓は、そしてそれらがもたらす純然たる喪失、略奪は誰にも理解されないか、あるいはごく数人にしか気づかれない。

フランスで今日ほど書き、出版し、公衆の面前で朗読する詩人が、あるいは出版社が、詩の雑誌が、それらを支える政府の助成金が多かったことはない。確かに彼らは読まれていない。だが構いはしない。彼らはそこにいて、本は開かれている。膨大な屑にも拘わらず、その存在、経験と実践がこれほど特異で、開祖的な詩人がこんなに多かったことはない。今日のフランス詩は波乱に富み、矛盾し、激しく活気づいている。それは様々な流れをかき混ぜる。それは、他の場所、他の言語、他の時間から来た声の数々を、まるで酵素に刺激され変化させられるように、迎え入れ、混入する。それは翻訳し、無限に蓄えておく。そして無数の読解の鏡に己を映し、己を問う。外の息吹に己を開き、自己の発見と窮迫を深める。その開かれた部分、その多孔性がその自己同一性となる……

受け入れられたままの、あるいはむしろ追い払われ、道に迷い、見失われたままの詩が私にとっては十分であり、満足がいく。それは文学ジャンル、文化的な産物、出版社の商品ではなく、それらであることを拒む。それは、幸いにもマーケティングの計算では赤字である。それは販売のコンピュータとマスメディアの馬鍬では回収できない。あなたの言う意味での輝きはない。なぜならそれは最初の日から、大衆から脚光を浴びることを拒否し、暗い体の中での発光、見えない爆発、地下での変貌を選んだのだから。それは皮をはがれた、生きたエクリチュール――あるいは、言語の地下で活動する否のエクリチュール――あるいは毎日の欲望と言葉を、未来のたどたどしい言葉に向けて投影することだ。だから不在であり、だから市場から不在――そしてそれがあなたの質問の本当の意味だ……詩は言葉しか必要としない。詩は言葉なしで存在できる。それはテーブル、紙、トランポリンなしでいい。それはわかりやすい必要も、読みやすい必要もない。それはわずかなもの、そしてさらにそれ以下でやって行ける。それは無を糧に生きる。あるいはかすみを糧に。欲望、そして死を糧に、そしてそれを蜂起させる空虚を糧に……　それでも詩は誰かに話しかける。未知の読者に。あらゆる読者の未知の部分に。それは打ち明かせぬパートナーなしでは実現しない。それは他者の欲望で緊張させられてのみ、息をつき、くつろぐ。他者とは未知であって、詩もずっと不在である……

詩は呼吸する、詩はそれでも不在である。それは母(ラング)－語(メール)[4]の息の通過と苦悩である…… 誰もに欠如の絶対、誰もを傷つける充溢の、誰をも魅する空虚の絶対、そして間に立つ死の絶対——誰もの内にもう一つの呼吸。詩人はそのリズムと意味、数と言葉を知っている——貼り紙や歪曲に頼らずに。詩のエクリチュールがもはや権威に従わない時——神学の権威、時間の権威に従わない時、それらから離れ、自らの戯れに、愛の、言語の、死の戯れに興じようとした途端に、詩を受け入れ認めるための集会はない。誰もいない。詩は行き、自分の穴を掘る、あるいは地の表面で漂う、あるいは空気の頂に逃げる。詩は不在で、呼吸する、孤独の暗い鼓動で——言語との、言語の死との対決、言語のはじける再出現との対決という孤独の鼓動で……

モーリス・ブランショと詩（ポエジー）

モーリス・ブランショの第一の気がかりは詩ではない。[1] そう言っていいだろう。仮に彼が重要な詩人の作品について数多くの、素晴らしいエッセイを書いたとしても。

だがより広く見ると、詩の問題は言葉とエクリチュールを巡る彼の考察の主要部分となっている。この点において、私の眼には、彼の著作——エッセイか物語——の一行たりとも、要求の高い詩人、つまり抒情的か装飾的かプログラムに則った詩から離れようと心を砕く詩人[の姿]をとどめていなくはないように映る——それはバタイユの言う「詩の嫌悪」の中、その書くことの情熱の最も深いレベルに、記号数々の転覆に達するためで、彼はそれを掌握できたかもしれないし、彼自身がその餌食になったかもしれない。

モーリス・ブランショの経験は、言語に対する真の深い仕事に合流する、あるいは先んじる、それを保証し確かめる、その明晰さで、その警戒心で照らし出す――そして詩人は、それに全責任を負っており、いかなる瞬間も逃れることはできない。

言語の曝露、修辞学(レトリック)と詩学(ポエティック)の嫌悪、王の斬首、(2)［そして］死せる神々とそのありえない回帰の想起、しかし［彼は道標に］小石を播く者。

仮に私が、例を取るべく『無限の対話』の目次を開いてみると、数々の章題は、詩が、何たるか、あるいはどうあるべきだろうかを定義するというよりか、示してもいる――詩が自ら定める幻の目的を、詩に住み着く不快感を、ないし苦痛を示してもいる。

引用すると――

思考と非連続の要求、
最も深い問い、
忘却、非理性、
未知の知
限界－経験
蜂起、書くことの狂気、
残忍な詩的理性（貪欲な飛翔の必要）

これはブランショと詩の近さを十分言っている、そして書き留めている、それらお互いが耳を傾け、繋がり、見方と狙いが共同であることを。私が引用したばかりの最後の題、「断片の言葉」は啓発的である。今日、そしてランボーとマラルメ以来、ニーチェ以来の詩のエクリチュールは、不可避となった断片の形態で実現する。その形態は、詩のエクリチュールを解放したのである、人工的な連続性から、偽りの完全さから、大袈裟な抒情性から、動きの取れない自惚れから。詩のエクリチュールは呼吸し、開かれている。それは解き放たれ、失われているが、開かれている。それが立ち向かう亀裂、被る切れ目、傷により、それは残滓を、飾りを、演壇と祭壇を厄介払いできる。孤独な作家、孤独のエクリチュールが残る……　ブランショによれば、「より遠くで、全く別の言葉によって話すため、とは言えもはや全体のではなく、断片の、多数性の、分離の言葉によって話すため」。

彼はさらに書く、

断片化された詩(ポエム)は一つの詩(ポエム)である、それは未完ではなく、別の完遂のあり方を開拓している、待機の中、問いかけの中、あるいは統一性に還元できない何らかの肯定の中で作用するあり方を開拓している。[3]

ただこの開かれた裂け目の中に吸い込まれるだけ、あるいはむしろ、一歩一歩残された足跡をたどるだけ――そのしるしは追うごとに自由な歩みのため無限の空間の中に消えていった――でよかった。ブランショは我々に洞察と調査の手段を提供してくれていた、そして、彼自身も体験した、破滅の手段をも。断片的なエクリチュールの中、彼の言葉は、捉えようのない究極の意味を求め、極めて繊細な一本の導糸を分泌するが、それはとても高くから、いかに深淵を飛び越えるか、いかに、テキストを枯渇させ、声を締め付ける崩壊の力の騒乱と豊饒ぶりを制御するかを示していた。まるで、ブランショの断片的な創作の下、支えというより酵素となる、見えない緯糸、見えないが活発な緯糸があったかのように。それは上昇する息の浸透する緯糸、衝動－刻印のそれぞれを問いに伏せ、露にせよという厳命を、言葉を通じて明らかにする緯糸である。

言葉がつまずき、漂流する詩（ポエム）が苦悶する中、地の干拓と書く恐怖の圧延を介し、ブランショの言葉が残る――「書くとは最大の暴力である、なぜならその暴力は〈掟〉を、あらゆる掟を、そして自らの掟を侵犯するからだ」。闘いは出口なく、絶え間なく、勝者も敗者もなく、死を取り込み、死の裏をかき、未知に、世界の未知に、他者の未知へと向かいながら死に不可能をしるす、致命的な闘いである。なぜなら、最初の一跳びから、見知らぬ端役が、予期せぬ読者がずっといて、その彼が言葉の待機に、言葉の忘却に信頼性を与えてくれるからだ。

『待機　忘却』、この離しがたく離れた二語は、私にはずっと、詩的作用の唯一のモーメント、極みの瞬間を表すように見えてきた。持続のない待機、未来のない忘却の遭遇と分散、そしてそれらの閃光の中での融合。そしてブランショにとっての、途絶えざる物語、最も唐突で、最も身近で、最も辛い物語の主題、断続的な材料——ある男とある女の対決の、あるいは完璧に連結した、不可解に分裂した彼らのシミュラークルの、この上なく難解な物語。この本について、そして、私にとっては詩についていて話しているブランショは、「添書き」にこう書く——

互いに隔たった文数々のこの同時性はまずは不安のしるしとしてしか受け入れられない、なぜならそれは内なる連結の何らかの断絶を意味するからだ。しかしながら、結局のところ、散らばったものを、外的な強制によって、荒っぽくまとめようという試み数々の後、この分散にもそれなりの一貫性があるように見える、そしてさらには、その分散が応じているように見える——執拗で、独特ですらあり、新しい関係の肯定へと向かっている要求へと——そしてその関係こそが、この物語の題となっている並んだ言葉の中で多分作用している。

何行か先に、彼は付け加える、

……詩（ポエジー）とは分散そのものであり、それはそのままで、自分の形を見つける……

現代の詩は、モーリス・ブランショの作品から、自らの動揺の、自らの悲惨な隔たりの、自らの「書くということの常軌を逸した戯れ(4)」の、目も眩むような確認を、立証を引き出している。だがヘラクレイトスについて、そしてクレマンス・ラムヌーの論文についてブランショは書く、「厳格な学識に加わるのが、簡素で、快活ながら、深く、魅惑する瞑想である――その瞑想は、我々に、明白さと難解さの言葉で、本質的な何かを語るテキスト数々の魅惑の力に答えることにおいて、そうである」。

本質的な何か。空虚を詩(ポエジー)に取り込むこと。無以外には、多分世界が、そして他者が凝集するエクリチュールの無しか言うことが無いエクリチュールの無。書くことを強いる苦悶のエネルギー、それは未知へと、他者と世界の未知へと身を投じさせる動きの中、女性形の他者、未知以外には言うことが無い(5)。

モーリス・ブランショのテキストと思考は、あらゆる詩(ポエム)を虚しさで印象付け、その詩が、別の体で再び現れるよう強いる。それらは詩(ポエジー)に欲望、災厄、生誕を与える。彼は明らかにする、書くことへの恐怖を、そればかりか「簡素で、快活な瞑想……　本質的な何かの明白さと難解さ」をも。我々はそれらに、饒舌なエクリチュールを越えて重きをなす沈黙の甚大さを負っている。恥ずべくも私がかくも不器用に破った至高の沈黙である。

註

断片の詩学I——初期詩篇をめぐって

（1） Jacques Dupin, « En relisant la semaison », *M'introduire dans ton histoire*, Paris, P.O.L, 2007, p. 132.

（2） Jacques Dupin, « Gravir », *M'introduire dans ton histoire*, *op. cit.*, p. 40.

「エジプト女」

（1） Cf. Jean-Pierre Richard, *Onze études sur la poésie moderne*, Paris, Le Seuil, 1964. このデュパン論でリシャールはいみじくも火山と地の神話的な力の表現をミロとジャコメティにも見ていた。

（2） Paul Valéry, *Œuvres*, t. II, Paris, Gallimard, « Bibliothèque de la Pléiade », 1960, p. 217. この言葉はG・ドゥルーズによる引用でも有名である。

（3） 「ランボーについてのノート」という未発表原稿より（Bibliothèque Jacques Doucet 保管）。

(4) Henri Michaux, *Œuvres complètes*, t. III, Gallimard, « Bibliothèque de la Pléiade », 2004, p. 1080.
(5) René Char, *Œuvres complètes*, Gallimard, « Bibliothèque de la Pléiade », 1995, p. 195.
(6) Maurice Blanchot, *L'espace littéraire*, Gallimard, « Folio essais », 1988, p. 187.

「つましい道」
(1) Roger Caillois, *L'écriture des pierres*, Genève, Skira, 1970. 邦訳『石が書く』(岡谷公二訳)。
(2) この文は最初、「詩法 Art poétique」という題の下、ジャコメティのエッチングと共に出版される詩篇の冒頭の文である。後日「この燠火　距離 Ce tison la distance」と題を変え、『登る』に収録されるが、ここで読点なく配置された「燠火」と「隔たり」――燻る火（のような生命感）と（対象との）距離――とはジャコメティの世界を如実に思わせる。Jacques Dupin, *Le corps clairvoyant*, Gallimard, « Poésie », 1999, p. 79.
(3) Cf. Jacques Dupin, *Le corps clairvoyant*, *op. cit.*, p. 157.
(4) Maurice Blanchot, *L'entretien infini*, Gallimard, 1969, p. 38.

「渇き」
(1) André du Bouchet, *Dans la chaleur vacante*, Gallimard, « Poésie », 1991, p. 107.
(2) したがってデュ-ブーシェはデュパンに捧げられた唯一のテキスト、「何か純粋なもの Quelque chose de pur」(一九九五年)でこの詩を引用するだろう。デュ-ブーシェはよく歩きながら浮かんで来る断片的な想念をメモにとって、それを詩に発展させたという(『手帳 *Carnet*』と題されて出版された詩集は多くその形跡をとどめている)。また、デュパンとデュ-ブーシェは、フランシス・ポンジュを通じて友人になった。
(3) デュパンについては初期詩篇の「地衣類 Lichens」からこの一節を引用すれば十分だろう。「君をよじ登り、よじ登って——光がもはや言葉を支えとせず、崩れ、落ちるとき——まだ君をよじ登る。もう一つの頂上、もう一つの鉱床。」"Gravir" の意は「よじ登る」に近いが、原語の音節数に合わせ「登る」とした。

(4) バタイユのこの台詞を引用するJ-L・ナンシーのコメントを参照のこと。ナンシーは明晰さならぬ欲望としての思考の終わりなさ、無限性を強調するだろう（J.-L. Nancy, *La pensée dérobée*, Paris, Galilée, 2001）。

(5) 例えば補遺『天窓の様子』135, 144頁参照。

「囚人」

(1) "[...] es sind / noch Lieder zu singen jenseits / der Menschen." (Paul Celan, *Atemwende*, *Gesammelte Werke*, Bd. 2, Frankfurt am Main, Suhrkamp, 1983)

「イニシアル」

(1) Rainer Maria Rilke, *Œuvres 2*, *Poésie*, Paris, Le Seuil, 1972, p. 138. Cf. *Id. Gesammelte Gedichte*, *Frankfurt am Main*, Insel, 1962.

(2) これ以外に音の面では、唇と歯を駆使する /p/、/t/、/v/ の音が全体に散りばめられ、緊張を高めている。この詩の題の「イニシアル」は以降分散して行く詩の文頭の "p" であるという解釈もあったが、詩人本人はそれを否定している。

(3) 「ぼくは君に属す je t'appartiens」が逐語訳だが、ここでは原文の頭韻を生かすべく、あえて「君の一部」と訳した。この同じ台詞は前述の「地衣類」の中にも現れる。

（無題）

（1） Pierre Reverdy, *Le livre de mon bord*, Paris, Mercure de France, 1970, p. 168.

（2） 若き日のデュパンは、ルヴェルディのこの詩集にG・ブラックがリトグラフを添えるにあたり、両者と版画の工房の間のメッセンジャーをつとめた。ルヴェルディをめぐるエッセイ（ないし散文詩）は二つあるが、最初の「太陽の困難」も、二つ目の個人的な思い出も交えた「ルヴェルディのための九つの地衣類」という散文詩群のいずれも感動的である。

「森の中の池」

（1） この八つの詩の全体に「具眼の体 *Le corps clairvoyant*」という題がつけられている。この題は後日（一九九九年）、初期詩集から『天窓の様子』までの作品をまとめたポケット版の詩集の題にもなる。再び矛盾語法だが、その暗示するところは、見通すのはもはや精神ではなく、身体ないし物質でありうるというニーチェ的な直観である。

（2） 相反する二つの意味で言葉が割れニュートラル（neutre）になる、中和ないし相殺されるというのは、存在の肯定も否定も免れる「中性的 neutre」をシャールに言及しながら示唆するブランショを思わせる（Maurice Blanchot, *L'entretien infini*, *op. cit.*, p. 66）。

（3） Cf. Ludwig Binswanger, *Délire*, Grenoble, Million, 1993, p. 163（trad. J. M. Azorin, Y. Totoyan, A. Tatossian）. 邦訳『妄想』（宮本忠雄、関忠盛訳）。

（4） Pierre Fédida, « Rêve, visage et parole », *Crise et contre-transfert*, Paris, PUF, 1992, p. 119.

（5） Jacques Dupin, *Le corps clairvoyant*, *op. cit.*, p. 225.

(1) Jacques Dupin, *Le corps clairvoyant*, *op. cit.*, p. 374.　以下『天窓の様子』については本書の頁数のみ記す。

(2) Maurice Blanchot, *L'entretien infini*, *op. cit.*, p. 517.

(3) Philippe Jaccottet, *L'entretien des muses*, Gallimard, 1969, p. 275.

(4) デュパンは当時この運動に触発され、「不可逆 L'irréversible」と題された詩を書いている。

(5) これ以外では「見者の手紙」の引用となる「ぼくは聞く。ぼくは楽弓を引っ張る」(167頁)などがある。

(6) デュパンがアンドレ・デュ-ブーシェ、イヴ・ボンヌフォワ、ルイ-ルネ・デ-フォレ、ガエタン・ピコンの四人と一九六七年に創刊した詩と美術の雑誌。編集委員会には後日ミシェル・レリス、パウル・ツェランも加わった。

(7) タピエスの版画と共に一九六八年に出版される詩篇。この詩篇の翻訳を選んだのはツェラン自身であったという。ツェランが自死の直前にこの詩を選んだ理由については筆者とデュパンのやりとりを含む拙稿 "La nuit grandissante" (Seiji Marukawa, *Le lien des muses*, Paris, Tituli, 2020) を参照されたい。

(8) Philippe Lacoue-Labarthe, Jean-Luc Nancy, *L'absolu littéraire*, Le Seuil, 1978. ヘラクレイトスや断片の形式については本書に収録された「モーリス・ブランショと詩」でも言及されている。

(9) 初期の詩を巡って書いた通り、この "gra-" という言葉の出だしをデュパンが好んで用いるのは偶然ではない(『登る *Gravir*』等)。ここで「芸術、断片」というエッセイ中のナンシーの興味深い言葉を引用しておこう──「多分芸術とはなかんずく "infans (乳幼児、無言)" である、断片化するため長話しない、開通 (frayage) かつアクセスの亀裂 (fracture) である。」(J.-L. Nancy, *Le sens du monde*, Galilée, 1993, p. 204)

(10) 例えばここで見たゴシック体(原文では斜体)による字体の改変、あるいは休止点は、読者の視線をも巻き込む書記法 (graphie) の一部を構成している。

（11）例えばルイ・マランが『自己のエクリチュール *L'écriture de soi*』で言うように（PUF, 1999）、自伝の物語においては、語る現在と語られた過去（という一種の虚構）、語る私と語られた「私（＝彼）」が錯綜することより、時制と人称の錯綜という「エクリチュールの企み」がもたらされる。

（12）ブランショは「語りの声」というエッセイで、物語における語り手の「私から彼への移行」を問題にする。ブランショにとって、この「彼」は叙事詩的な語りが生起させる解明し難い出来事ですらある（cf. *L'entretien infini*）。

（13）Cf. Roland Barthes, *L'aventure sémiologique*, Le Seuil, « Points Essais », 1991. 邦訳『記号学の冒険』（花輪光訳）。

（14）「もし人間が**崇高に**その眼を閉じなければ、彼は見るに値するものをもはや見なくなってしまうかも知れない」とシャールは「ヒュプノスの綴」で言う。「人がぼくの眼を潰す」（171頁）という『天窓の様子』の断片が思い起こされよう。

（15）Ph. Lacoue-Labarthe, J.-L. Nancy, *op. cit.*, p. 67.

（16）Beda Allemann, *Hölderlin et Heidegger*, PUF, 1987[1959], p. 191（trad. François Fédier）. 強調はアレマン。Cf. *Id. Hölderlin und Heidegger*, Zurich, Atlantis, 1954.

（17）『無限の対話』のシャールを巡る部分や、「ラスコーの野獣」などを参照のこと。

（18）「ユートピア」は語源的に「ない場所（ウー・トポス）」を示しているが、デュパンの詩に頻出する「ない場所、非－場所 non-lieu」（例えば170頁）という表現はそれと全く無縁ではないだろう。

（19）Jacques Dupin, *M'introduire dans ton histoire*, *op. cit.*, p. 116. 引用文中の「群島」はシャールの『群島の言葉』（一九六二年）のこと。

（20）本書205頁。この瞬間のことをデュパンは『まだ何も、全てがもう *Rien encore, tout déjà*』という詩集の題でも表現するだろう。

（21）J.-L. Nancy, *Le sens du monde*, *op. cit.*, p. 43. 題の『世界の意味』は、もちろんヴィトゲンシュタインの「世界の意味は世界の外にある」という有名な台詞から来ている。

（22）J.-L. Nancy, *L'oubli de la philosophie*, Galilée, 1986, p. 86. 哲学の言葉が意味の限界ないし縁で人々に触れ（toucher=

心を打つ）、それが共有されるなら、それは哲学が（知性のみの次元を越えて）もちうる感動（pathétique）および政治（politique）の次元であろうとナンシーは暗示する。言うまでもなく詩の言葉も同様であり、「詩の抵抗」という論考でナンシーはまず「詩が高潔で感動的（touchant）」というリトレ事典の記述を引用するだろう。

（23）ここで“n'être”と“l'être”はそれぞれ、元来は“ne être”と“le être”の二語だが、母音字省略という文法上の規則が適用されている。

（24）マランはこの語によって、自伝的なテキストの草稿で、語が書かれている途中で止まったり、あるいはぽっかり空白が生じたりする現象のことを指している。

（25）筆者のこの推測を、生前の詩人は確認してくれた。

（26）Cf. Friedrich Hölderlin, *Gedichte*, Frankfurt am Main, Insel, 1984.

（27）「山が燃え尽きようと、生き残り達が殺し合おうと……　眠れ、羊飼い。どこででも。ぼくは君を見つけ出す。ぼくの眠りは君のと同じだ。明るい斜面でぼくらの群れが食む。急な斜面でぼくらの群れが食む。」（初期詩篇「地衣類 Lichens」の冒頭）

（28）フランス語で「煌めき」は“éclat”だが、この語には驚くべきことに「輝き」と「破片」という二つの意味がある。

補遺

「斜角面」

（1）　初出は一九八六年。後日詩集『抉（えぐ）られて Échancré（エシャンクレ）』（一九九一年）に収録される。この時期の詩篇は長めだが、実はどれも断片（つまりこの詩で言うような「言葉のかけら＝煌めき éclats de parole」）をつないで構成されている。句点は意図的にずらされている箇所がある。詩の冒頭で喚起される風、南仏のミストラルやトラモンタンのような突風と共に「ぼく je」のエクリチュールを通じた冒険が始まり、それがさらに馬のイメージと交わる。この詩は、デュパンが一時田舎の家で預かっていた馬との交流に着想を得ている。この詩には馬ばかりか再び鷂（ハイタカ）、爬虫類などの動物も登場する。詩人とは「火の盗人」であり、「人間、動物すら担っている」と書いたのは他ならぬランボーだった（「見者の手紙」）。馬をめぐる手がかりは題の“Chanfrein”（シャンフラン）にもある。この語は（馬の）「鼻梁」かつ、（金属片の削られた）「斜角面」を意味するほか、やはり“Chant-frein”（「歌 chant」と「ブレーキ frein」の二語）、つまり「己に鎌を振るう歌」を暗示してもいる。いみじくも、最初のページに既に三度登場する前置詞“contre”が、この詩では激しくあらがう力のしるしとなって幾度も繰り返される（「森の中の池」の解説参照）。

「木片」

（1）　『論争 *Le débat*』誌によるアンケート、「詩の不在」に対する返答として書かれたもの。雑誌は一九八九年春に出版され、「木片 Éclisse」の題は後日付けられた。ツェランやデュ－ブーシェ等と同様に、デュパンにはいわゆる「詩論」と呼べるものは数少ないが、これはその中の貴重な一つである。マラルメによる稀な詩の定義が雑誌からの無遠慮とも言える問いに応じてなされたように、デュパンのこのテキストも雑誌のアンケートという機会に生み出された「折節」のものである。

（2）　マラルメの散文、「韻文の危機」の著名な文句より。

（3）　「薔薇（バラ）と木犀草（モクセイソウ）」とは一九四三年に書かれたルイ・アラゴンの詩の題で、レジスタンスのため団結を呼びかける内容である。

（4）　原語は“langue-mère”でいわゆる「母語」ではない。「言語は思考の母であり、下女ではない」というK・クラウスの言葉を思い起こさせる表現である。

「モーリス・ブランショと詩」

（1）　二〇〇二年のブランショをめぐるコロキアム、「ブランショ、本質的 *Blanchot, essentiel*」で口頭発表されたテキスト。題の“poésie”は、ジャンル、あるいは「詩想」であり、引き続き出てくる“poème”は個々の詩をさす。

（2）　「王の斬首」は不可逆性を暗示しており、直前の「詩学」はここでは詩学的な分類などを指すはずである。

（3）　ここの表現、「作用している en jeu」は両義的で、「問題である」の意もある（「……それは未完ではなく、別の完遂のあり方を開拓している、そしてそのあり方こそが［待機の中で……］問題である」）。同じ表現（と同じ両義性）は後述の『待機　忘却』の「添え書き」の引用最後でも用いられる。

（4）　リラダンをめぐるマラルメの言葉。

（5）　「他者 l'autre」、「未知 l'inconnu」はフランス語でそれぞれ男性名詞。

附記

翻訳の底本には以下の三冊を使用した。

Jacques Dupin, *Le corps clairvoyant*, Paris, Gallimard, « Poésie », 1999.
Jacques Dupin, *Échancré*, Paris, P.O.L, 1991.
Jacques Dupin, *M'introduire dans ton histoire*, Paris, P.O.L, 2007.

本書で引用等される詩人や思想家等の文献については以下の既存の翻訳を参照させて頂いた。

ジャック・デュパン、『現代詩手帖〈フランスの現代詩　総展望〉』一九九〇年六月号所収「渴き」（吉田加南子訳）、「詩の不在」（中地義和訳）。同じ号には鈴村和成によるデュパンへのインタビューも掲載されている。

ベーダ・アレマン、『ヘルダリーンとハイデガー』（小磯仁訳）。

モーリス・ブランショ、『文学空間』（粟津則雄、出口裕弘訳）。

モーリス・ブランショ、『終わりなき対話』（湯浅博雄訳「はしがき」、上田和彦訳「言葉を語るとは見ることではない」、西山達也訳「ヘラクレイトス」、安原伸一郎訳「断片の言葉」、郷原佳以訳「語りの声」）。

パウル・ツェラン、『パウル・ツェラン全集』（中村朝子訳）。

ルネ・シャール、『ルネ・シャール全詩集』（吉本素子訳）。

フーゴ・フォン・ホフマンスタール、『チャンドス卿の手紙』（桧山哲彦訳）。

ジャン=リュック・ナンシー、『哲学の忘却』（大西雅一郎訳）。

ジャン=ピエール・リシャール、『現代詩十一の研究』（多田智満子訳「ジャック・デュパン」）。

ライナー・マリア・リルケ、『リルケ全集2』（上村弘雄訳「巻頭詩」）、『リルケ全集5』（田口義弘訳「オルフォイスへのソネット」）。

アルチュール・ランボー、『ランボー全詩集』（宇佐美斉訳）、『対訳ランボー詩集』（中地義和訳）。

この他、ドイツ語については真岩啓子氏にご教示頂いた。

エレーヌ・デュパン、クリスティーヌ・デュパン両氏には著作権に関してご協力頂いた。

本書は日本学術振興会の研究成果公開促進費の補助を受けて刊行された。

著者について——

丸川誠司（まるかわせいじ）　早稲田大学教授。パリ第八大学文学博士。フランス現代詩および思想、美術等研究。主な著書に、*“Poésie, savoir, pensée : huit études”* (Tituli, 2015)、*“Le lien des muses ; essai sur l'intraduisibilité de la poésie”* (Tituli 2020)、『詩と絵画——ボードレール以降の系譜』（編著、未知谷、二〇一一年）、主な訳書に、ミシェル・ドゥギー『愛着』（書肆山田、二〇〇八年）がある。『詩と絵画』はデュパンのミロを巡る詩、ジャコメティ論などの訳およびデュパンへの書面インタビューを含む。

ジャック・デュパン紹介

一九二七年生、二〇一二年没。イヴ・ボンヌフォワ、アンドレ・デュ-ブーシェ、フィリップ・ジャコテと並び、フランスの戦後世代を代表する詩人。ボンヌフォワ、デュ-ブーシェ、ルイ-ルネ・デ-フォレと共に、文学・思想・芸術の雑誌『エフェメール *L’éphémère*』を刊行（一九六七―一九七二年）。ミロ、ジャコメティ、タピエス、ベーコン、チリーダ、アダミ等の数多くの芸術家の友人であり、これらの芸術家に関する著作多数。特にミロの深い信頼を得て、その作品擁護団体の会長として鑑定にも携わった。一九八八年度仏国民詩人賞受賞。代表的な詩集には『具眼の体 *Le corps clairvoyant*（詩集一九六三―一九八二年）』（Gallimard, 1999）、『バラス *Ballast*（詩集一九七六―一九九六年）』（Gallimard, 2009）、『猿と蠅／母達 *De singes et de mouches / Les mères*（詩集一九八三、一九八六年）』（P.O.L, 2001）、『騒乱 *Esclandre*（詩集一九八一―一九九一年）』（P.O.L, 2022）、『隔たり *Écart*』（P.O.L, 2000）、『榛 *Le coudrier*』（P.O.L, 2006）などがある。ルネ・シャールの序文を伴った最初の詩集、『旅の灰皿 *Cendrier du voyage*』（GLM, 1950）は二〇〇六年に再刊された（Fissile）。この他戯曲の『地滑り *L’éboulement*』（Galilée, 1977）、詩論集の『君の話に入りこむ *M’introduire dans ton histoire*』（P.O.L, 2007）がある。代表的な美術論集は、『空間すなわち *L’espace autrement dit*』（Galilée, 1982）及び『ありとあらゆる方法で *Par quelque biais vers quelque bord*』（P.O.L, 2009）。この他、ミロのモノグラフィ、『ミロ *Miró*』（Flammarion, 2004 [1961]）、タピエス論をまとめた『無限のマチエール――アントニ・タピエス *Matière d’infini : Antoni Tapiès*』（Farrago, 2005）、ジャコメティ論をまとめた『ジャコメティを前に *Face à Giacometti*』（P.O.L, 2022）の他、ジャン・スュケとの共著で『求職――デュシャン、ミロ *Demande d’emploi : Duchamp, Miró*』（L’échoppe, 2002）などがある。デュパンの作品を巡るコロキアム、論叢多数。邦訳の美術論は単著では『アルベルト・ジャコメッティ――

あるアプローチのために』のみ（吉田加南子訳、現代思潮新社、一九九九年）。ジャコメティの『エクリ』をミシェル・レリスと編集し、序文を書いている（みすず書房、新装版二〇一七年）。邦訳で読めるデュパン論としては、J-P・リシャールの『現代詩十一の研究』の他、ポール・オースター『空腹の技法』所収「ジャック・デュパン」がある（畔柳和代訳、新潮文庫、二〇〇〇年）。

装幀——滝澤和子

ジャック・デュパン、断片の詩学

二〇二二年一二月二〇日第一版第一刷印刷　二〇二二年一二月二七日第一版第一刷発行

著者――丸川誠司

発行者――鈴木宏

発行所――株式会社水声社

東京都文京区小石川二―七―五　郵便番号一一二―〇〇〇二

電話〇三―三八一八―六〇四〇　FAX〇三―三八一八―二四三七

［編集部］横浜市港北区新吉田東一―七七―一七　郵便番号二二三―〇〇五八

電話〇四五―七一七―五三五六　FAX〇四五―七一七―五三五七

郵便振替〇〇一八〇―四―六五四一〇〇

URL : http://www.suiseisha.net

印刷・製本――精興社

ISBN978-4-8010-0701-7

乱丁・落丁本はお取り替えいたします。